R E F L E K S J O N E R I I I
i tekst og fantasibilder

George Manus

2.utgave

Forfatter: George Manus
Copyright: George Manus
Design og layout: Ole Praud
Vignetter: Morten Løfberg
Copyright Fantasibilder og bokomslag: Jan Arnt

Trykk: BoD - Books on Demand, Norderstedt, Tyskland
Forlag: BoD - Books on Demand, København, Danmark (BoD.dk)
e-mail: george.manus@maxmanus.com

Tidligere bøker skrevet av George Manus:

TANKER, norsk
THOUGHTS, engelsk

REFLEKSJONER I, norsk
REFLECTIONS I, engelsk

REFLEKSJONER II, norsk
REFLECTIONS II, engelsk

REFLECTIONS III, engelsk

EN KVINNES MANGE FLYTTINGER, norsk
A WOMAN'S MANY MIGRATIONS, engelsk

INNOVATIONS AND CREATIONS, engelsk

70 ÅR I KOMMUNIKASJON - om MAX MANUS firmaene, norsk
70 YEARS IN COMMUNICATION - about the MAX MANUS Companies, engelsk

2017

ISBN: 9788743000563

Forord

"Refleksjoner III" er tilegnet min sveitsiske kone Marianne som jeg har vært gift med siden 1998.

Jeg har alltid hatt det klart for meg at jeg generelt har en ordrik uttrykksform. Så lenge jeg kan huske har jeg alltid brukt flere ord enn kanskje nødvendig, som en forvissning om at jeg blir oppfattet med mitt budskap. Muligens kommer det av min enklere form for dysleksi i barn og ungdomsårene som det skal kompenseres for, ikke vet jeg.

Alt jeg har skrevet er oversatt til engelsk som er det språk vi kommuniserer på. Jeg tror ikke min kone har lest mye av dette, men hun har klart gitt uttrykk for sin mening.

"Jeg skriver som jeg oppfører meg i livet, sier hun. Derfor er det umulig for meg å løse problemer på en enkel måte. Jeg velger alltid den kompliserte vei"

Ikke særlig smigrende kanskje, men delvis sikkert riktig.

Som nevnt har jeg en ordrik uttrykksform som lett blir for kompleks for mange.

At hun mener det innvirker på mine evner til å løse det jeg kaller utfordringer, ikke problemer, får bli hennes sak.

Det er viktig med kritikk, og nettopp denne kom først etter at jeg pent spurte om hun kunne lese gjennom min oversettelse av refleksjonen "Sannhet" til engelsk. Antagelig en av de mer komplekse.

Hun skal ha takk for tipset og ikke minst for sin tålmodighet med mine skriverier, som naturlig nok, nå når det er blitt til sju bøker, har tatt mye tid og fokusering.

Det jeg ellers vil bemerke er at historiene ofte skjedde for svært lenge siden, og at jeg derfor ikke kan garantere at alle detaljer og tidsangivelser er korrekte.

De presenteres slik jeg erindrer dem, og kan derfor kanskje til tider få slagside.

Refleksjonene er på den annen side subjektive, og prisgitt det tidspunkt de ble skrevet på; de er ikke på noen måte holdbare referanser utover min opp-fattelse i øyeblikket.

Hva er så formålet med å ha skrevet "Refleksjoner III"?

Svaret blir vel som for mine tidligere tekster at jeg først og fremst skriver til og for meg selv; men en bonus vil det selvfølgelig være hvis andre også finner glede i det jeg forteller.

Som tidligere takker jeg Anne Schild for hjelp med språket, Morten Løfberg for vignettene, Jan Arnt for fabeldyrene samt min venn Ole Praud for konsu-lentarbeidet.

Syd Spania
2017
George Manus

george.manus@maxmanus.com

Alle er seg selv nærmest (Versjon 2)
Juni 2015

I den første utgaven av: Alle er seg selv nærmest, som jeg skrev i oktober 2013, grep jeg tak i et par konkrete eksempler på de fleste menneskers reaksjon når de blir konfrontert med installasjoner som alle er enige om er nødvendige, men som lett kan bringe ubehageligheter og få konsekvenser i deres liv. Jeg tok videre med et eksempel på det motsatte, nemlig gleden av å ha installasjonen innen rekkevidde, men uten å føle ubehaget.

Det første eksempelet gjaldt vind-kraft, og det andre, høyhastighets togforbindelse. (REFLEKSJONER II.)

I denne utgaven av: Alle er seg selv nærmest, altså versjon 2, går det hele litt mer på våre reaksjoner i det daglige.

Hvorfor jeg kommer med dette nå, er fordi jeg er sterkt opptatt av fenomenet: Alle er seg selv nærmest.

Uttrykket taler på en måte for seg selv. Det er vel både naturlig og selvsagt at alle rent fysisk er seg selv nærmest.

Nå er det imidlertid vanligvis ikke <u>det</u> vi tenker på når dette uttrykket benyttes.

Hvis vi i det hele tatt tenker på noe annet i den sammenheng, må det vel være at vi i de fleste situasjoner, normalt først og fremst tenker på oss selv.

Antagelig har det noe å gjøre med selvoppholdelsesdriften.

De fleste vil nok kjenne seg igjen i et utall daglige situasjoner, for det er vel slik at vi gjerne vil være vinnere, stikke oss litt mer frem enn de andre vi omgir oss med?

I dag føles det ofte som om bare noen få har vært så heldige å ha foreldre som har lært dem ordet høflighet og hva det i sin videste forstand betyr.

De som har og benytter denne egenskapen, i hvert fall innen familien, er i dag klart avvikere fra normalen, for i det store og hele er det vel et spørsmål om å vinne, altså være seg selv nærmest?

Vel, tilbake til uttrykket: Alle er seg selv nærmest.

I supermarkedet er det om å gjøre å finne frem til den køen som man tror vil bringe en først frem til kassen. Ganske naturlig vil nok de fleste si, det er jo selvfølgelig bare et klart uttrykk for rasjonell tenking, intet negativt i det, man føler jo at man har vunnet hvis man kommer raskere frem til kassen enn de i den andre køen.

I en slik sammenheng er det nok den kvinnelige del av befolkningen som trekker det lengste strå, ettersom deres erfaring langt overgår mennenes når det gjelder innkjøp. Det er jo som regel de som er best bevandret i kunsten å handle.

Selv har jeg en utrolig evne til å havne i den køen som bringer meg sist frem til kassen, selv om jeg selv synes jeg gjør mine beregninger rimelig godt før jeg velger hvor jeg skal gå.

Alle er seg selv nærmest og i den sammenheng tråkker man jo normalt ingen på tærne, og er man oppmerksom kjører man heller ikke handle-trallen inn i akilleshælen på den foranstående.

Når det gjelder parkeringsplasser, som det nesten alltid er for få av, så er det jo bare en ting det dreier seg om og det er at man selv hurtigst mulig finner en ledig plass.

Det er jo bare rett og rimelig, hvis man da ikke er av den typen som er utpreget høflig og som galant vifter en medborger på plass istedenfor selv å vinne kappløpet om den ledige plassen.

Her går man på kompromiss med sitt vinnerinstinkt og da ofte til stor irritasjon for sjåførene i bilene bak, som så visst ikke sympatisere med et slikt forsøk på å hindre dem i å vinne duellen.

Selv om jeg tillegger meg selv den egenskap at jeg i slike situasjoner ikke er spesielt ambisiøs, vil jeg nok anta at de fleste av oss er oss selv nærmest.

Jeg vil videre tro det er få som ikke legger en liten slagplan når de entrer "gaten" på en flyplass. Det er jo fremdeles ytterst få flyselskaper som har funnet en brukbar løsning på en effektiv ombordstigning.

Den med at de som skal sitte på setene fra rad 16 til 32 skal gå først osv, virker selvfølgelig ikke etter planen, da jo alle er seg selv nærmest og presser på i håp om å vinne kampen om plassen i bagasje-hyllen.

Min beste erfaring i denne sammenheng fikk jeg for kort tid siden på en flytur fra Istanbul til Madrid med selskapet Turkish Airlines. Der hadde man, ved "gaten", satt opp tre nummererte avgrensede rekker.

Når man litt for sent oppdaget at hver rekke hadde en referanse på boardingkortet havnet man naturligvis bakerst i den angjeldende rekken, men det er nok allikevel det beste eksempelet jeg har sett hittil.

Neste gang jeg flyr med Turkish Airlines, noe som antagelig ikke vil skje, vil jeg nok huske denne ordningen og få glede av den.

Alt dette gjelder naturligvis ikke når man har bestilt business klasse eller det som bedre er, men det gjelder jo bare noen ganske få.

Jeg skynder meg å tilføye at jeg i disse dager reiser langt mindre enn i tidligere år og at jeg derved er havnet noe bakut når det gjelder å følge med i utviklingen. Men, uansett system, de fleste av oss vil nok intuitivt lete etter en snarvei. For: Alle er seg selv nærmest.

Har disse eksemplene å gjøre med egoisme, og i så tilfelle ikke bare for en selv men også for våre nærmeste?

Hva hvis man ikke hadde denne driven om at alle er seg selv nærmest?

Ville samfunnet fungere bedre, ville det bli bedre flyt i køene og ville vi som individer bli gladere og mindre stresset?

Anger
2015

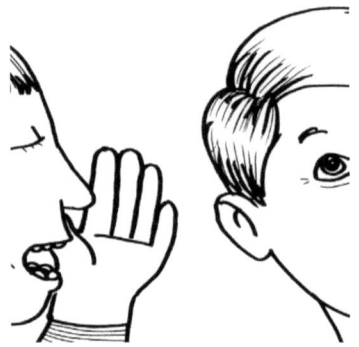

Ifølge Wikipedia er anger et fornuftig (og/eller følelsesmessig) ubehag overfor personlige handlinger og oppførsel fra fortiden. Hvorfor det understrekes at en handling eller oppførsel skal være relatert til fortiden for å kvalifisere til anger er uklart for meg, da anger etter min erfaring kan utløses av tidløs handling eller oppførsel. Nå ja, kan det være så nøye med det?

Vi føler antagelig alle intuitivt hva det vil si å angre og det ville være merkelig om ikke alle har konkrete personlige eksempler å vise til i den sammenheng.

Selv gjør jeg det med å angre til en, for meg, definitiv sak. Enten angrer man på noe man har gjort, uttalt eller satt på papir, eller så angrer man ikke.

Å angre på noe man har gjort, kan ofte sette store spor og gi konsekvenser som er uopprettelige, mens det å angre på noe man ikke har gjort, i de fleste tilfeller kanskje gir seg utslag i savn, men allikevel noe man normalt kan leve rimelig godt med.

Om å angre skrev jeg en liten "snutt" i 1994, som er godt dekkende for min holdning til det med å angre.

Om å angre
1994

Jeg angrer på lite av det jeg har gjort,
for heldige meg jeg glemmer så fort.
Jeg angrer mer på det jeg ikke gjorde,
alt det som kunne blitt til det riktig store.
Gi mennesker sjanser - og sjanser igjen,
jeg holdt alltid døren litt på klem.
Ja, det har kostet mer enn det smakte
og ting har til tider gått alt for sakte.
En tøffere holdning med krav, konsekvenser-
ville det vært svaret som utvidet grenser?

Utvilsomt på kort sikt men hvor er det styrke,
hos den som grundig behersker sitt yrke.
Til det trengs praktisk erfaring og tid,
det trengs modning, innsats og mye giv.

Intuitivt vet man umiddelbart om noe man har sagt, helst burde være usagt. Som regel er det da for sent å angre og konsekvensene blir der etter.

I min ungdom, forhåpentligvis er jeg blitt bedre ettersom årene har røynet på, var jeg nok mer enn vanlig "stor i kjeften".

Alle har jo sin måte å hevde seg på.

Helt tilbake fra den tid, det må ha vært i seksten års-alderen, sitter fremdeles en episode klart for meg. Den fikk jeg aldri slettet, hvor mye jeg enn gjerne ville det.

Det dreide seg bare om noen ord jeg uttalte, og som det raskt viste seg skulle bli utrolig sårende for den det gjaldt. Jeg mente ikke på noen måte å såre vedkommende, det dreide seg bare om at ordene kom før tankene hadde kommet på banen.

Episoden er for ufin til å gjengis, men jeg nevner dette da jeg er overbevist om at jeg ikke er alene om å ha en eller flere slike episoder hengende i luften. Også fordi det å angre på denne måten kan føles riktig vondt.

Nedenfor gjengis to "snutter" jeg skrev for mange år siden og som kanskje kan være til litt ettertanke.

På skrift
Når man setter på skrift det man tenker og mener,
kan det tolkes feil og føre til sener.

Sladder
Det man sier, som vandrer fra munn til øre-
kan også for noen bli leit å høre.
Så la dine tanker i hodet ditt modne,
før du dem setter i skrift eller tone.

Nå må ingen tro at det man eventuelt angrer, forsvinner ved at man setter noen ord på papiret for på en måte å gjøre opp for seg. Så enkelt er det ikke, og sånn skal det selvfølgelig heller ikke være.

Er man seg imidlertid i det daglige litt mer bevisst i sin gjøren og laden, tror jeg allikevel at man kan redusere sin anger-konto og derved, i denne sammen-heng, gjøre sitt eget og andres liv litt lettere å leve.

Spidsnæse - Jan Arnt 2010

Angrep er det beste forsvar
Mars 2017

Det er nærliggende å tro at ordtaket: "Angrep er det beste forsvar" stammer fra det militære, noe det også gjør. Det hevdes å være et militært slagord som opprinnelig stammer fra sjakkens verden. Ifølge Wikipedia spiller i dag rundt 600 millioner mennesker sjakk på verdensbasis. Videre sier de at sjakk ble spilt allerede før år 600.

Selv om det er lenge siden, startet menneskene å krige uendelig lenge før det.

Ja, faktisk helt tilbake fra den tiden Adam og Eva satte i gang formeringen av oss mennesker, slik at vi kunne komme i gang med å krangle å slåss. Jo flere av oss vi er, jo flere forskjellige meninger og derved unnskyldninger for å være uenige.

Men, nå er det vel slik at alt trenger utvikling, så kanskje man takket være sjakken fikk litt mer system i den kranglete og krigerske galskapen.

Dette synes jeg lyder svært logisk.

Jeg spiller ikke sjakk, men forstår at det dreier seg om å sette kongen ut av spill.

Nå til dags, i vår moderne verden, har vel normalt kongen eller dronningen ikke stort de skulle ha sagt, og dessuten dreier det seg selvfølgelig om at vi i dag har en rekke andre styringsformer enn den med de kongelige på toppen.

Det skal i denne sammenheng tilføyes at det stadig er flere konger rundt omkring i verden som har uinnskrenket makt og hvor det kanskje kunne være på sin plass med en smule demokrati.

Jo da, analogien er ellers god. Litt udemokratisk og diskriminerende kanskje, etter dagens generelle oppfatning, at i sjakkens verden vinne man kun ved at Kongen settes "sjakk matt", ikke Dronningen.

For å sette en hvilken som helst styringsform ut av spill trenger angriperen helt klart god strategi og taktikk og sjakk er, så vidt jeg forstår, et spill hvor det forutsettes at man som aktør behersker disse områdene.

Mange trekk må planlegges før både hester, riddere, bønder og andre kan settes i bevegelse med det for øye å styrte motstanderens ledelse.

Målet er som sagt å sette motstanderen, kongen, under "sjakk matt", men et såkalt parti kan også ende med "remis", eller enklere forklart, uavgjort. Videre kan et parti sjakk vinnes ved at en av partene frivillig overgir seg.

Allerede tilbake i 50 årene ble datamaskiner programmert til å kunne spille sjakk, og i 1997 ble Deep Blue maskinen den første som slo den regjerende verdensmesteren i sjakk.

I dag er det viss ingen sak for maskinene å vinne, noe jeg antar skyldes deres evne til å angripe på en måte som gir det beste forsvar.

Jeg undres på om det i moderne krigføring benyttes datastyrte angreps og forsvars-modeller, men antar at man selvfølgelig gjør det.

Selv er jeg av den oppfatning at det er langt mer sympatiske måter å forsvare seg på enn å angripe først, men spørsmålet er om de er like effektive.

Det er nok her personligheten kommer inn.

Min oppfatning er at det på en måte er noe primitivt over det å måtte angripe for å forsvare seg, men intet er sort hvitt, heller ikke i denne sammenheng.

Står man overfor en voldelig motstander, er det vel helt rimelig at det er om å gjøre å forsvare seg med alle midler for å unngå å selv bli et offer, altså at man selv umiddelbart angriper for å forsvare seg.

Det er velkjent og jeg kjenner selv flere som i utgangspunktet ikke er voldelige men som i det daglige har som vane å angripe først for på den måten å få et etter deres mening overtak i diskusjonen helt fra starten.

Ofte gir et slikt angrep et umiddelbart godt forsvar for vedkommende, da den angrepne lett blir brakt ut av balanse. Er til gjengjeld angrepet av en karakter som synes helt urasjonell, blir forsvaret også lett forsterket, da den angrepne får vanskeligheter med umiddelbart å forme rasjonelle argumentasjoner.

Mennesker med denne egenskapen, altså det å angripe først i tro på at det er det beste forsvar, er vanligvis heller ikke spesielt sympatiske.

Dette blir selvfølgelig helt subjektivt fra min side.

Det kan ellers stilles spørsmål ved om dette er en egenskap man eventuelt er født med, eller om den er tillært ut fra erfaringer oppnådd i det daglige praktiske liv.

Jeg kan ikke la denne sjansen gå fra meg! Jeg må ta med det jeg mener må være verdens kanskje mest aktuelle eksempel på at ordtaket stadig praktiseres.

Kanskje det nettopp er gjennom blant annet en utbredt praktisering av dette ordtaket at Donald Trump har funnet veien til det Hvite Hus og blitt president nummer 45 i U.S.A.?

Selv tviler jeg på om mesteparten av oss er så bevisste at vi planlegger å angripe først for å styrke vårt forsvar. Praktisk sett er det vel heller slik at de fleste i dagliglivet velger en balansert fremgangsmåte, som er tilpasset de situasjoner man til enhver tid befinner seg i.

Da mildnes straks det hele etter min mening

Jeg innbyr ikke til videre polemikk rundt temaet. Enhver får gjøre opp sin egen mening om det er riktig at: Angrep er det beste forsvar.

Guldfuglen - Jan Arnt 2010

Applikasjon

Mai 2006

Applikasjon er å betrakte som en ensrettet motorvei som snorrett går mot et klart mål i det fjerne, uten at dette mål på forhånd er definert i detalj.

En detaljdefinering fra starten vil vise seg akterutseilt i kvalitet når applikasjonen er ferdig, ganske naturlig fordi tidsfaktoren, "applikasjons-tiden", har gjort at nye krav stilles og at både teknologi, markedsforhold og andre faktorer, på grunn av tidsfaktoren kan være forandret. Et eksempel på en applikasjon kan være: "Dikteringssystem som en del av et kommunikasjonssystem ", hvor kommunikasjonssystemet allerede er utviklet.

Produktgruppen, bestående av de beste krefter både teknisk og kommersielt, spesifiserer målet i en rimelig grad av detalj.

De kommersielle ønsker prioriteres i spesifikasjonen.

Deretter utredes mulige generelle grunnleggende retningslinjer for hvilke midler som kan føre til målet.

I den grad det er mulig utredes nødvendige kapasitetsbehov og tidsaspekter, slik at økonomien kan måles i forbindelse med applikasjonen.

Vel vitende om at det er umulig å treffe de 100 % riktige retningslinjer som kan føre til målet på det grunnlag man befinner seg på dette stadiet, lages en utredning av mulige alternativ, og en innstilling som bestemmende instanser i ledelsen kan treffe sine beslutninger på bakgrunn av.

Valg av alternativer gjøres, eller reviderte målsettinger settes opp.

Viser det seg at applikasjonen av fornuftige grunner ikke kan gjennomføres, skrinlegges prosjektet.

Det kan selvsagt bli slik at ballen spilles frem og tilbake noen ganger i denne fasen, for klargjøring og forståelse.

Vi forutsetter at prosessen er i gang:

Målet er som sagt ikke definert i detalj, men valg av alternative midler er gjort og arbeidet igangsatt.

På alle motorveier finner man avkjøringer og servicestasjoner, hvor man stopper og sjekker at alt er i orden før man fyller opp tanken og fortsetter.

Applikasjonsarbeid i alle former legges opp med delmål, slik at man kan ta avkjøringer til servicestasjoner for testing av produktstatus og marked.

I større prosjekter kan gjerne produktbiter", der og da status", del-releases mot et spesielt marked og på denne måten testes. Dette må kun skje hvis markedet er innforstått med status som den er.

Feedback og erfaring gir grunnlag for å kjøre inn på motorveien igjen, med full målsetting om å komme over målstreken som nummer en, uten at hastighetsgrensen overskrides.

Prosessen gjentar seg gjerne flere ganger. Antall servicestopp er opp til deltager-teamet ut fra behov og strategi.

I utviklingssammenheng skaper hvert servicestopp god erfaring, som gjør at man stadig får en klarere oppfatning om hvordan det endelige produkt kommer til å se ut.

Kanskje oppnår man som en bonus økonomiske muligheter i form av del-releaser.

Samarbeider de kommersielle og tekniske tett og godt, foredles produktet gjennom hele prosessen og den produktstatus som kanskje ligger 2/3 deler eller 3/4 deler ut i løpet, vil fullt overgå den produktmålsetting man så for seg i startfasen.

George
Cabrera

Arkitekten

Jan 2015

Luis Collarte Rodriguez, ble født i Orense i Galicia i 1960. Han er arkitekt, og grunnen til at jeg i denne sammenheng trekker hans navn frem er at det er han som har tegnet det nye Parador Atlantico hotellet i byen Cadiz i Andalucia i Spania.

At det ble nettopp denne arkitekten det skal gå ut over er nok ikke fordi han er enestående i sin sjanger, ettersom denne refleksjonen ikke omhandler bygningens designmessige fremtreden, men fordi jeg tror at de fleste kunders oppfatning av rommenes praktiske utrustninger må være som min, omtrent det verste eksempel jeg har sett.

I all rettferdighet skal det sies at jeg ikke har undersøkt om det er han som også står for designen og den praktiske innredning av rommene. Gjør han ikke det, kan jeg bare beklage at han i denne refleksjonen får ta støyten. Har han imidlertid tegnet værelsenes innredning, bør han i så tilfelle i fremtiden, hvis han skulle komme til å tegne flere hotell, stramme seg alvorlig opp, da han ellers etter min mening vil ende opp med et dårlig ettermæle.

Hvis det skulle være ham selv som har ansvaret, så har han sikkert skuldre brede nok til å neglisjere denne myggens bitt.

Min kone og jeg har flere ganger bodd på Parador Atlantico i Cadiz.

Vi liker oss godt i den gamle bydelen og har mange gode minner derfra. Hotellet ligger perfekt til med utsikt over innseilingen til selve byen.

Julen 2014 ble på alle måter like hyggelig som de tidligere besøk, men, som indikert ovenfor, med noen ganske spesielle og overraskende observasjoner.

Vi hadde selvfølgelig bestilt værelse på forhånd og ankom som vanlig i bil, etter en aften med gode venner og overnatting på Hotel Don Carlos i Marbella. Det tok oss rundt tre og en halv time hjemmefra til Marbella.

Vi hadde hørt at Parador hotellet i Cadiz var renovert, men ikke at det gamle var revet og at et nytt var bygget, så det første spørsmålet vi stilte oss når vi kom til det stedet vi mente å huske at hotellet skulle ligge, var om vi var gått helt i frø. Det var da her hotellet lå. Etter å ha kjørt forbi, snudd og igjen kjørte forbi der vi mente hotellet skulle ligge, fikk vi øye på skiltet. På samme sted hvor det gamle lå, var nå en ny supermoderne bygning reist.

Ingen kommentarer til konstruksjonen og heller ikke til inntrykket vi fikk av foajeen. Alt var helt i tråd med det vi forbinder med et elegant moderne hotell.

Det er også utrolig imponerende så å lese at det nye hotellet ble bygget på bare atten måneder, så ingen negative kommentarer til det, spesielt ikke når vi etter å ha lest i presentasjonen, forstår at dette var arkitektens første designede bygning. Tidligere har han med stor dyktighet arbeidet med betydningsfulle restaureringer i Leon og Santiago de Compostela forstår vi.

Rommet som sådan er super moderne med herlig utsikt mot innseilingen til Cadiz samt en stor botanisk park, og med en svært luftig terrasse med rekkverk i glass. Vi skal bo i sjuende etasje. Idet vi kommer innenfor døren faller det liksom naturlig å gå til venstre, nesten som ved magnetisk påvirkning.

En sotfarget speil-bekledd vegg, ikke mer enn en meter inn, kunne lett ha ført til en alvorlig kollisjon. Bare en Bagatell naturligvis, for den feilen begår man antagelig bare en gang, nemlig den første, hvis man da ikke har falt for fristelsen til ett glass for mye under oppholdet i byen.

Nå skal det tilføyes at vi ble vist til rommet av en søt og hyggelig resepsjonsdame, så vi unngikk utfordringen og hadde heller ingen store utskeielser under oppholdet.

Følgende beskrivelser følger ingen logisk eller erfaringsmessig rekkefølge, men det er nærliggende å starte med en tanke som slo meg den første morgenen under oppholdet, nemlig at arkitekten personlig helt sikkert benytter elektrisk barbermaskin. Den miniatyrlignende vaskeservanten er nesten totalt skjult under det fast monterte blandebatteriet, og umuliggjør totalt å få vann opp til ansiktet for en som ønsker å barbere seg med skum og høvel.

Det er videre, og i samme anledning, nærliggende å trekke den konklusjon at arkitekten heller ikke vasker seg i ansiktet annet enn når han dusjer, da det simpelthen er en umulighet hvis man ønsker å benytter vaskeservanten.

For å holde meg til barberingen. Jeg trekker bestemt den konklusjonen at den samme arkitekten benytter en elektrisk barbermaskin som er batteridrevet, da det heller ikke finnes stikkontakt i dette området av rommet.

Jeg våger ikke å gå så langt som til seriøst å foreslå at arkitekten muligens har skjegg og derved ikke barberer seg i det hele tatt, men den muligheten er selvfølgelig til stede.

I rettferdighetens navn skal det sier at det muligens fantes en tilgjengelig stikkontakt i nærheten av andre speil i rommet, det var ganske mange av dem, slik at en vanlig elektrisk barberhøvel med gammeldags ledning kunne benyttes der.

Den hittil omtalte "vaske og stelle seg" avdelingen med kun en vaskeservant, er bitte liten og har ingen avskjerming fra dobbeltsengen. Med andre ord, alt man foretar seg der er for åpen sene. Nå har min kone og jeg ikke noen problemer i den sammenheng, og tydeligvis ikke arkitekten heller, noe jeg mener taler til hans fordel.

En natt-tur på toalettet, som var plassert i forlengelse av den mikroskopiske vaskeservanten, er heller ingen spøk hvis man ikke har medbrakt lommelykt eller ønsker å vekke sin kjære ved å tenne nattbordslampen. Det å tenne nattbordslampen ville nok imidlertid være nesten umulig uten først å ha aktivert en rekke lys og andre innretninger, idet det er så godt som umulig å finne ut av hvilken av de bitte små bryterne som gjelder nattbordslampene.

Nå kunne man selvfølgelig ha laget et mas med resepsjonen om disse tingene, men vi gjør normalt ikke det hvis det ikke dreier seg om virkelig alvorlige ting.

Det fikse med toalettet som hadde front mot sengen var at det hadde en glassdør som på hjul kunne rulles frem fra høyre når man ubehjelpelig satt der med fronten mot sengen.

Dusjen var plassert innenfor toalettet, som derved dannet et slags inngangsparti til denne. Typisk et totalt "en av gangen" arrangement. Jeg kunne her lett falle for fristelsen til å tro at arkitekten ikke var klar over at alle rom er beregnet på to gjester. Nei, så ille kan det naturligvis ikke være, for alle rom er tross alt utstyrt med dobbeltsenger.

Den siste natten fant min kone imidlertid på noe smart når det gjaldt natt-belysningen, som vi til det tidspunkt ikke hadde tenkt på. Hårtørreren som kun hun benyttet og som var fast montert, hadde en form for hovedbryter, som, når man slo den på, tente for et grønt lite lys.

Dette er antagelig ment for å fortelle bruker at nå er den klar til bruk.

Grønnskjæret gav mulighet for å nå toalettet på nattestid uten å sette seg i største fare for å snuble. Kanskje var det til og med det hovedbryteren på hårtørreren var ment til? Det er jo mye fikst man finner på i disse tekniske dager.

Bryterpanelet på nattbordene burde man nok ellers ha ett spesialkurs i å betjene, hvis man da i det hele tatt kunne lese informasjonene uten forstørrelsesglass, så det gav vi opp allerede første dag. Prøv og feil metoden viste seg for øvrig å avsløre mange spennende og uventede reaksjoner.

I mine yngre dager var jeg en lidenskapelig badekar fan. Ikke så mye nå lenger, å skulle jeg falle for fristelsen her ville det nok innebære den aller største prøvelse. Sarkofagen av et badekar hadde en trang inngang i motsatt ende av blandebatteriet. Først måtte man klatre opp på kanten av badekaret og deretter ned i dette for å komme til for å justere blandebatteriet. Selve sarkofagen dekket hele grunnflaten i det lille rommet som var omgitt av glassvegger. Enten måtte man sitte i badekaret mens dette ble fylt, hvis man da ikke ville vasse inn og ut etter hvert som dette skjedde, for å betjene blandebatteriet. Er man en lidenskapelig kar bader er vanntemperaturen av aller største betydning. Jeg tenker for øvrig med gru på de som gjerne vil ha et kar bad, men som har et snev av klaustrofobi, de ville utvilsomt velge dusjen.

Den elektriske persiennen var ellers stillegående og fin, men benytter man den ikke er det fritt innsyn fra naboens veranda. Nå er det ikke slik at vi har en fobi med at naboene skulle være tittere, men allikevel.

De fleste av oss har fem fingre på hver hånd. Klesskap-dørene, tre av dem montert som skyvedører, dekket innredningen. I tillegg til en rikelig mengde kleshengere består innredningen også av en safe og en minibar. Det var bare slik at disse skapdørene måtte stilles i helt spesielle posisjoner for at man skulle få tilgang på det man hadde plassert der inne og ønsket å ta frem. Den operasjonen krevet den største presisjon, og hvis man ikke var ytterst forsiktig kunne det lett føre til at fingre kom i en svært utsatt posisjon.

Vi gjennomførte heldigvis besøket med alle fingrene i god behold.

Tro nå endelig ikke at disse små bagatellene satte et negativt preg på oppholdet, men for oss som tilhører "the vintage age" kan små detaljer som de jeg her har gitt noen eksempler på, representere ganske store utfordringer.

Rundtosset I- Jan Arnt 2010

Bevissthet – Ubevissthet

Des 2014

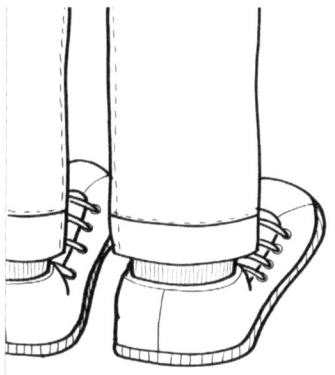

Den korteste beskrivelse jeg kan trekke ut fra Wikipedia når det gjelder disse to motsetningene er som følger. "Bevissthet har kun den som har en fungerende hjerne, mens ubevissthet er en fellesbetegnelse på psykologiske prosesser som en person selv ikke er oppmerksom på". Det å være bevisst eller ubevisst må være som et enten eller, enten er man bevisst eller så er man ubevisst i en situasjon eller handling.

Forøvrig kan dette ikke sammenlignes med Shakespeares: "To be or not to be".

Jeg kan godt se at med disse to ytterlighetene, enten eller, blir det svært snevert; det ligger selvfølgelig et hav av nyanser mellom disse ytterpunktene.

Ikke desto mindre vil jeg gjerne gjøre det så enkelt: Bevisst, eller ubevisst. Det blir så mye enklere å forstå på den måten.

Det dreier seg i denne sammenheng ikke om å være bevisstløs i den forstand at man har mistet bevisstheten når man er ubevisst.

I den ubevisste tilstanden er man ikke på noen måte i stand til å opptre bevisstløst, man er som regel ved full bevissthet, men altså ubevisst.

Forvirret? Ja, det har jeg full forståelse for.

La meg med en gang gjøre det klart at jeg sikkert selv til tider, jeg håper imidlertid ikke for ofte, opptrer som om jeg er ubevisst, eller, som jeg selv velger å kalle det, er meg selv totalt bevisstløs.

Normalt føler jeg meg rimelig bevisst i det daglige.

Det og være seg bevisst i det daglige betyr etter min mening blant annet at man er observant.

Hva betyr det så å være observant? I denne sammenheng mener jeg det blant annet har å gjøre med og ta hensyn til at man ikke er det eneste mennesket på jorden, eller litt mer realistisk, at man ikke normalt i det daglige er det eneste mennesket som befinner seg der man befinner seg.

Det går normalt ikke en dag uten at jeg stusser over hvor mange mennesker som opptrer ubevisst.

Nå reiser vi ikke så mye lenger som vi gjorde tidligere, så de fleste registreringene av ubevisst opptreden skjer i dag i de lokale "supermerkadoene".

Her skjer det imidlertid hele tiden. Folk vandrer rundt mellom hyllene i sin egen verden, normalt med en handlevogn.

Jeg utdyper ikke dette nærmere, da alle observante bevisste mennesker vil kunne registrere i hvor stor grad ubevisstheten er utbredt i disse omgivelsene.

Hvorfor denne refleksjonen kom på papiret, har sin bakgrunn i at vi bare for noen dager siden kom tilbake fra et kortere opphold i København i forbindelse med et styremøte.

Førjulstid og stor stemning over alt.

I den forbindelse kan jeg anbefale København på det aller beste.

Tro nå endelig ikke at den forretningsmessige del av besøket ikke fikk sin rimelige andel av tiden oppholdet varte, men det ble nå som vanlig tid til et besøk i Tivoli.

Jeg må innrømme at vi denne gang ikke riktig fikk med den kulinariske opplevelsen som var forventet etter vårt besøk til en bedre kjent restaurant, men den gode danske førjulsstemningen setter allikevel sitt positive preg.

Den tradisjonelle turen nedover Strøget, den kjente gågaten som er 1,1 kilometer lang, er alltid spennende, også på denne årstid, spesielt fordi den er preget av førjulsstemning.

Vi kommer fra det jeg kaller toppen ved Rådhusplassen og slentrer nedover Strøget.

Vi, min kone og jeg, har nesten hvert år siden vi giftet oss i 1998 vært der på denne årstid, så vi føler oss vel til rette.

En rekke forskjellige gjøglere gjør sitt ytterste for å få mennesker til å stoppe opp, og kanskje etterlate noen slanter før de førjul-stemte vandrer videre.

Dette har ingen ting med bevissthet gjøre, men Strøget som strekningen blir kalt, starter som nevnt ved Rådhusplassen og den første del heter egentlig Vesterbrogade. Den går så over i Nygade som igjen fortsetter til Vimmelskaftet. Etter denne kommer man til Amagertorvet som så går over i Østergade. Denne ender opp på Kongens Nytorv, som bare er et sten-kast fra Nyhavn.

Med en rekke uteserveringssteder der ved kanalen, er stedet en opplevelse i seg selv.

Nettopp kommet inn i Østergade og uten at det på noen måte er trengsel, kjenner jeg plutselig et "Øksehugg" i høyre hel. Skriker til og synker ned i knærne. Selvfølgelig var det ikke en øks det dreier seg om, men treffet var perfekt, midt på akillessenen.

Idet jeg får snudd meg står det to unge personer rett bak meg, hvorav den ene er fører av en to-hjulet tralle full av aviser, jeg vil tro i en høyde av godt over en meter, og den andre med en paraply og en liten mappe under armen. Begge unnskyldte seg og oppførte seg helt eksemplarisk, hvoretter jeg heller ikke fant grunn til å dra frem den dype stemmen.

Med en kommentar om at alt var i orden haltet jeg videre, idet jeg er fullstendig klar over at den store skaden ikke hadde oppstått.

Jeg har tidligere hatt den store akillessenen delvis røket, så jeg vet hva det dreier seg om.

Den historien lar vi ligge, da den var selvforskyldt og skjedde på tennisbanen.

I sin fullstendig ubevisste tilstand har tralleføreren antagelig vær oppslukt i en diskusjon med kollegaen, han med paraplyen.

Noen vil kanskje felle en mildere dom enn at han var ubevisst, for eksempel at han bare var uoppmerksom, noe jeg selvfølgelig har full sympati for.

Detaljer
2017

"På mange måter er det synd at det er *detaljene* som teller, for de er som regel kjedelige og tidskrevende å få på plass". Dette skrev jeg om en gang i 2015. *Detaljene* er nok kjedelige for mange, men ikke for alle. For meg er det slik at *detaljene* ofte er kjedelige, men dreier det seg om en detalj som skal til for å løse en utfordring, kan jeg bli helt besatt av å finne eller løse *detaljen* som skal til, stor eller liten.

Uansett, generelt stå jeg på at det er *detaljene* som teller, og at de ofte er kjedelige.

I boken "Refleksjoner I" tok jeg for meg *bagatellen*. Den refleksjonen ble skrevet i april 1994, og startet som følger:

"Jeg er en liten *bagatell*, et ord en lukt, en smak. Sagt, følt eller sanset, er jeg en avgjørende faktor i sammenhengen. Jeg er av den aller største betydning."

På samme måte må jeg nok si at det ofte er *detaljene* som teller, og at de er avgjørende.

"Man sier ofte at det er de små ting som teller, der har du meg igjen, *bagatellen*."

Føler man ikke at *bagatellen* er noe lite - en stor *bagatell* lyder på en måte ikke riktig, eller hva?

En av flere beskrivelser av en *bagatell* er: "Liten og mindre viktig sak". En *detalj* derimot, kan i hvert fall slik jeg ser det, i tillegg til å være liten, også være stor. Allikevel er det kanskje slik at *detaljen* oftest blir satt i forbindelse med noe lite: "Det manglet bare den lille *detaljen*".

Jeg er av den oppfatning at dette er mer talemåter.

En av flere beskrivelser av en *detalj* er: "enkelhet, del av et hele".

Vel, "enkelhet" har vel ingen ting med størrelse å gjøre, og det har heller ikke "en del av et hele?"

Etter dette blir det for meg litt mer dimensjon over *detaljene*, gjør det ikke det?

En *detaljert* rapport er så visst ikke en *bagatell*, like lite som detaljene i et regnskap er det.

Detaljerte beskrivelser av enhver art kan man kun karakterisere som det stikk motsatte av noe som har med *bagatellen* å gjøre.

Nei, ser man på eksempler som disse, bør "detaljen" og "bagatellen" ikke på noen måte benyttes om hverandre.

Hvorfor i all verden har jeg gitt meg i kast med disse *detaljene* når jeg nå ser hvilke dimensjoner *detaljene* kan innta?

Selv lærte jeg *detaljenes* betydning på en ikke akademisk måte.

Under mitt skoleopphold ved Olivettis fabrikker i Nord Italia som 17-18 åring, skulle jeg utdannes som teknisk instruktør. Det vil si at jeg etter utdannelsen skulle lære opp våre teknikere, eller mekanikere som de het den gang.

På slutten av femtiårene var alt teknisk fremdeles mekanisk.

Ikke for å gå for mye ned i *detaljene,* men hva er forskjellen på en tekniker og en mekaniker?

Ifølge Wikipedia: Tekniker er en yrkestittel på en person med tekniske arbeidsoppgaver, mens en mekaniker er en håndverker som bruker verktøy til å reparere maskiner. Da passer det hele litt bedre.

Som generalagent for Olivetti Kontormaskiner hadde vårt firma Max Manus Kontormaskiner i Norge rundt 40 mekanikere, samt et stort forhandlernett med vel så mange.

Den gang kalte man en spade en spade.

Uten forkleinelse for noen, men i dag har jeg ett inntrykk av at alle er ingeniører, enten de har utdannelse eller ikke, så i denne sammenheng er antagelig ikke den *detaljen* så viktige.

Når det gjaldt å reparere en Olivetti Tetractys regnemaskin med flere tusen mekaniske deler og med nærmere hundre justeringer på mindre enn en millimeter, ja, da var det *detaljene* det gikk på.

Bare en feiljustering kunne være nok til at maskinen ikke fungerte etter en reparasjon, så derfor førte den lille detaljen til at hele jobben måtte gjøres om.

Før jeg skrev denne refleksjonen, Googlet jeg på Olivetti regnemaskiner. Jeg håpet å finne svar på hvor mange mekaniske deler Tetractysen bestod av, men fant det ikke. Det visste jeg sikkert den gang, hvor eksamen bestod i at man skulle demontere hele maskinen, slik at hver minste del lå spredd ut på et stort bord. Deretter skulle maskinen monteres opp fra bunnen og alle justeringer utføres.

Som jeg ofte har nevnt på skrift er jeg håpløs når det gjelder data, er ikke delaktig i noen form for sosiale media, og kan knapt nok Google de enkleste ting.

Hva som slår meg når jeg trykker på "enter" etter å ha Googlet Olivetti regnemaskiner, er at det første jeg ser er en presentasjon av min siste bok "70 år i kommunikasjon" - Om firmaene Max Manus fra 1946 til 2016.

Selvfølgelig forstår jeg at det danske forlaget BoD (Bod.dk), som har utgitt boken, driver markedsføring, men at å Google Olivetti regnemaskiner skulle føre til at min bok er det første jeg får presentert, er etter min mening ganske snedig.

Etter dette kom jeg ikke videre med å finne frem til hvor mange mekaniske deler en Tetractys regnemaskin bestod av, men den *detaljen,* selv om det dreier seg om flere tusen, er antagelig ikke av de viktigste for dem som har tatt bryet med å lese denne refleksjonen om *detaljer.*

Hvor skal du hen du? - Jan Arnt 2010

Du er alene
Juni 12 - 2015

Dette er ikke et postulat om at du er alene, forstått som at du ikke har familie eller venner som både står deg nær og er glad i deg. En rimelig lang fartstid på livets reise har gitt meg all grunn til å føle at jeg både har venner og familie som setter pris på meg, så på den måten har jeg aldri følt meg alene, altså i den forståelsen av ensomhet. Den form for å være alene jeg tenker på, er relatert til de utfordringer som nok mange av oss har stått overfor.

Man kommer i forskjellige sammenheng til et punkt, eller kanskje bedre sagt til en topp, hvorfra man normalt bare ser ned for å finne svar.

Hvorfor man bare ser ned er i og for seg logisk nok, for det er bare der nede man kan se konkrete håndfaste realiteter, det er normalt derfra man har høstet sine erfaringer.

Ser man opp er det jo bare det store intet.

Er det dag kan inntrykket være grått og trist, men også lyst og klart når solen skinner fra en skyfri himmel. Uttrykket at: "over skyene skinner alltid solen", kan for øvrig være godt å minnes for å kunne se litt lysere på tingene.

Er det natt og overskyet er det svart, men er natten skyfri ser man et uendelig hav av stjerner og gjerne månen som den største lyskilde.

For mange ligger svarene på livets allsidige utfordringer der oppe, uansett hvilken tro man representerer.

Mange styrer hele sitt liv relatert til kontakten man har med det "høye", i form av sin religion.

For dem det gjelder blir dette både greit og enkelt vil jeg tro, selv om nok troen i seg selv kan settes på store prøver.

Selv mener jeg og ha hatt min rimelige dose av utfordringer gjennom livet, og har som en av mine slagord: "Det er stort sett bare gjennom utfordringer, og takling av dem, at man lærer og kommer videre."

Hvilket forhold den enkelte av oss har til "bønn" får bli vår privatsak.

Etter hvert som min datter og svigersønn tok over driften av firmaet, ble det nok naturlig at det var han som stadig ble stilt overfor nye og ofte uventede utfordringer.

Han har en sterk og robust holdning til det meste, og takler etter min menig utfordringer på beste måte.

Selv er jeg varsom med å komme med råd hvis jeg ikke blir direkte spurt, men det er en ting jeg alltid har forsøkt å overføre til ham fra min egen erfaring i forretningslivet.

Selv om du har aldri så gode medarbeidere, vil det garantert og oftere enn du tror, oppstå situasjoner hvor du er alene. Det er deg som må ta avgjørelsen og det er ingen andre du kan spørre enn deg selv.

Som et resultat av det er det også deg som må ta konsekvensene av dine avgjørelser.

Det vil alltid oppstå situasjoner hvor det bare er deg som sitter med alle informasjoner, fordi disse, av gode grunner, ikke kan deles med andre.

Det er blant annet det som følger med jobben som ansvarlig leder.

Min svigersønn har ved flere anledninger stått overfor utfordringer hvor jeg har minnet ham om dette, men så lagt har jeg et bestemt inntrykk av at det har vært fullstendig unødvendig.

Jeg tror han er seg den saken helt bevisst.

Mange som leser dette vi kanskje ikke helt forstå eller være enig i at det er slik.

Spesielt de som selv befinner seg i ledende stillinger, men som ikke er den endelig ansvarlige. De vil og med rette, sett fra deres ståsted, mene at de er gode støttespillere, noe de selvfølgelig også er.

Det samme gjelder styremedlemmer. De vil på samme måte mene at det blant annet nettopp er derfor de sitter i styret, for å kunne bistå topplederen.

De vil også fra sitt ståsted mene at de er gode støttespillere, noe de også sikkert er.

Men, og det er dette viktige men-et som jeg tror bare kan forstås av den som sitter med det endelige ansvar:

Det vil alltid oppstår situasjoner hvor du er alene.

Erfaring
2017

Det hviler noe pretensiøst over ordet erfaring: "Erfaring tilsier at..." Som en generell bemerkning lar man det nok i de fleste tilfeller passere uten nærmere refleksjon, men kommer det i forbindelse med seriøse innlegg, presentert av mennesker med autoritet, bør man nok spisse ører. Hvor ville vi vært uten erfaring? Ville vi ikke da bare gjenta det samme, det være seg om gjentagelsen i utgangspunktet er riktig eller gal.

Hva ville være prosenten for om gjentagelsen er riktig? Igjen et spørsmål om opprinnelsen.

Erfaring er noe vi i dagliglivet ikke er oss bevisst, tror jeg. Det er bare ufravikelig slik for de fleste av oss, at vi automatisk trekker slutninger med bakgrunn i våre erfaringer og ubevisst foretar små eller store korreksjoner.

Denne form for erfaring er antagelig en av de vesentligste faktorer som er med på å utvikle oss, og det forhåpentligvis gjennom hele livet.

Det ville jo være svært kjedelig om vi på et tidspunkt sa til oss selv at nå får det være nok med erfaring, fra nå av skrur jeg av den bryteren.

På en måte blir det det samme som at man strekker armene i været og sier at nå har jeg ikke mer å lære, det er ikke lenger noen vits med læreprosessen.

Lykkeligst er de som bevisst er innstilt på å ta til seg lærdom, helt til siste dag.

Det er selvfølgelig slik at gjennom teoretisk lærdom får man også erfaring, riktignok ikke praktisk.

Er det så noe som kan kalles åndelig erfaring i motsetning til praktisk erfaring?

Først eksempelet med at man gjennom skole og universitet får en akademisk utdannelse.

De erfaringer man har fått som resultat av sine studier er selvfølgelig verdifulle og nødvendige, får man håpe, når det gjelder søknad om den stillingen man ønsker. Men, selv om yrkesvalget ikke er direkte praktisk, men av mer akademisk art, kommer spørsmålet om praksis frem. Da står man der med eksamenspapirene og stiller stort sett i klasse med alle de andre søkerne.

Uansett hvem som får stillingen og hvilke kriterier som ligger til grunn for det, kan man spørre seg selv hvem som skal dekke kostnadene til den erfaring som må opparbeides for at jobben skal kunne gjøres skikkelig. Hvem er det som bekoster de erfaringene som man etter hvert tilegner seg i det praktiske arbeidsliv?

I den sammenheng blir det nok arbeidsgiveren som må investere for å kunne dra full nytte av vedkommendes utdannelse og det er sikkert som det skal være. Man kan jo naturlig nok ikke være rustet til oppgavene man blir tillagt før man har tilegnet seg erfaring.

Det andre eksempelet er utdannelsen, den av mer grunnleggende karakter, som etter hvert kombineres med praksis i næringslivet innen det yrket eleven tenker å etablere seg i.

Denne kombinasjonen av skole og praktisk erfaring er etter min mening den desidert beste når det gjelder praktiske yrkesvalg, hvis ordningen fremdeles eksisterer i en eller annen fungerende form.

Selvfølgelig gjør den det, men legges det nok vekt på viktigheten av denne form for menneskelig utvikling?

På den tid jeg begynte å arbeide, på slutten av femtitallet, hadde vi flere lærlinger ansatt i firmaet. De skulle kunne nå fremt til svenneprøve eller fagprøve.

De var stort sett ansatt på serviceavdelingen, gikk på lærlingkontrakt og hadde, hvis jeg ikke husker feil, en dag i uken fri fra arbeidet så de kunne gå på en yrkesskole for å tilegne seg teoretisk og praktisk utdannelse.

Så vidt jeg forstår er denne ordningen kontinuerlig blitt videreutviklet, men jeg har ikke satt meg nærmere inn i dette.

Spørsmålet er om ikke lærlingeordningen, sikkert i en mer modernisert form enn den vi hadde den gang, ville være bedre og mer interessant for mange med mer trang til å komme tidlig ut i et håndverk, enn å kjempe seg gjennom høyere teoretisk utdannelse med liten eller ingen interesse for dette.

Jeg har hørt at lærlingeordningen praktiseres med hell blant annet i Sveits, og at man i England stadig henviser til at det må skapes flere apprenticeship stillinger, som lærlingeordningen heter der.

Dette tar jeg som et tegn på at denne utdannelses-formen stadig regnes som den beste når det gjelder praktiske fag.

En arbeidssituasjon som innebærer en kombinasjon av teoretisk og praktisk opplæring har jeg stor tro på.

Tenk om andre kunne lære av våre egne hardt tilegnede erfaringer, så mye bedre alt ville bli?

De som har det synet står overfor kortsynte og meningsløse tankemåter etter min mening.

Man må selv være herre over sine erfaringer; jeg går så langt som til å hevde at det kun er gjennom egne erfaringer man kan komme videre. Her ser jeg bort fra selvfølgelige vel aksepterte erfaringplattformer i alle deler av samfunnet, som er fremkommet som resultat av forskning og vitenskap.

Slike erfaringer hører med i all teoretisk utdannelsen på alle nivåer og danner derved automatisk, i de fleste tilfeller, en positiv ballast.

I den sammenheng er det klart at det bør dras lærdom av andres erfaringer.

Nå må man ikke tro at alle erfaringer er av det gode og det er det nok ingen som gjør.

Vi har vel alle i en eller annen form også hatt dårlige erfaringer.

Konklusjonen blir at det egentlig betyr lite om erfaringene man gjør seg er gode eller dårlige, bare man tar lærdom av dem.

Dårlige erfaringer trigger ikke til gjentagelser, mens de gode helst bør inspirere til sådanne, altså gjentagelser. Jeg tror det kan være bra for oss å fokusere litt mer på erfaringene, tenke gjennom hvilke erfaringer man har gjort seg i livet, av den kategori som man mener har vært av betydning for ens utvikling, og bevisstgjøre disse.

De fleste av oss er, tror jeg, utrustet med en god eller mindre god evne til å fortrenge, altså se bort fra. Jeg kaller denne evnen en sikkerhetsventil.

Vi kan ikke bare fylle på med for mange negativiteter, spesielt gjelder dette de dårlige erfaringene vi til tider gjør oss.

Vi bør nok prøve å fortrenge noen av disse når vi føler at det er nødvendig for å opprettholde en akseptabel erfaringbalanse.

Den beste erfaring som nok har vært med på å prege min personlige utvikling, kom nok under min skoletid i Italia i nitten-femtisju og femtiåtte.

Punkbird

Sleepy bird - Jan Arnt 2010

Eukalyptustreet
2017

En stormende dag på den lille parkeringsplassen som tilhører Cortijo Grande golfbanen. Den ligger noe kilometer nedenfor der jeg bodde i Cabrera mens jeg var på en av mine mange besøk.

Av forskjellige årsaker ble banen, som opprinnelig var fullt utbygget med 18 hull i 1976, redusert til 9. Dette må ha skjedd før 1983, som var første gang jeg besøkte stedet.

Den eneste årsak til at jeg kom til dette område i Spania, kan jeg takke min far for.

Han hadde fast tilhold på kanaløya Jersey, men tilbrakte med sin familie vinterhalvåret i Alicante i Spania.

Jeg besøkte ham der i begynnelsen av 80 årene, og det var da han fortalte om Mojacar og golfbanen Gortijo Grande.

Dette skjedde som svar på mitt spørsmål om han var kjent med kysten nedover fra Alicante mot Malaga.

Jeg hadde på det tidspunkt allerede i tankene å titte etter et sted som kunne være aktuelt for senere pensjons-tilværelse.

Allerede på et tidligere tidspunkt hadde jeg forstått at man måtte svært langt Syd i Spania for å finne varme i vinterhalvåret, men der skulle det heller ikke være mangel på sol og varme året rundt.

Min far hadde jo selv slått seg til i Alicante.

Han kunne fortelle at han i 1976 hadde vært til stede under innvielsen av Cortijo Grande Golfbanen.

Som et resultat av hans krigsskader ble det lite aktiv golf, men iveren var stadig der.

Besøket hadde satt sine spor og han la ut om de fantastiske omgivelsene i denne spesielle dalen og den vakre naturen i området.

Han hadde den gang blitt fortalt at stedet hadde et spesielt mikroklima, med mye sol.

Ved en senere anledning dro jeg, sammen med min daværende samboer, i bil nedover kysten fra Alicante til Mojacar, en liten by snaue hundre kilometer nordøst for Almeria.

Vi innlosjerte oss på Parador hotellet, som ligger helt nede ved Middelhav-skysten, før vi fant veien de rundt 15 kilometer inn i landet til den spesielle dalen hvor banen lå.

Det var tydelig at stedet hadde sett bedre dager, men naturen var som min far hadde sagt, spektakulær.

Oppe i fjellet over banen, kunne vi se en borglignende bygning.

Nysgjerrigheten tok overhånd, og etter noen kilometers kjøring på en svin-gete, men ny-asfaltert vei, nådde vi urbanisasjonen Cabrera.

Den bestod av et beskjedent senter og en stor nybygget borg med tre tårn.

Foran borgen var det anlagt tre bowling-greener.

Ingen av oss hadde den gang hørt om denne type utendørs bowling, og at det er var en meget utbredt sport i England.

Utover borgen var bare noen få hus bygget, alle i en form for Maurisk stil og malt i en karakteristisk terrakottafarge.

Nok om det, lang historie kort.

Det var der jeg traff den engelske arkitekten Peter Grosscurth, som hadde gitt seg i kast med å etablere en urbanisasjon noe utenom det vanlige.

Det oppstod respekt og forståelse fra første øyeblikk og det ble der jeg mange år senere startet min pensjons-tilværelse.

Hver gang jeg kom på besøk etter denne første gangen, ble kontakten med Peter videreutviklet og jeg fikk stadig mer innblikk i hans drømmer om å skape en såkalt "Active Retirement Village".

Peter var vel 15 år eldre enn meg og hadde noen fascinerende vyer når det gjaldt den videre utbygging av stedet.

Selv hadde han sammen med sin kone renovert en gammel Cortjo med gjete-stall i selve Cortijo Grande, bare stenkastet fra golfbanen.

Det som slo meg fra mitt første besøk i Cortijo Grande var alleen av enor-me eukalyptustrær, som i et par hundre meters lengde fulgte veien som snor seg rundt de gamle bygningene med blant annet restaurant, klubbhus og par-keringsplass.

Trærne må selvfølgelig på et tidspunkt ha blitt plantet, da det ellers er rimelig langt mellom hver gang man ser disse trærne her i området.

Når jeg nå tenker meg om er det visst ganske vanlig på disse kanter,at man nettopp benytter eukalyptusen på samme måte som vi gjør med kastanjetrærne i Bygdø Allè i Oslo

At det er noe sånt som 700 arter i den planteslekten og at den oppstod for 35 – 50 millioner år siden, og derfor er relativt ung, forklarer jo sitt.

At det høyeste eukalyptustreet som er målt er 99,6 meter er jo også ganske fantastisk.

Det var på parkeringsplassen til Cortijo Grande golfbanen jeg hadde parkert denne stormfulle dagen.

I dag ville jeg antagelig ikke under noen omstendigheter ha spilt golf i slik vind, men den gang var tiden knapp, det gjaldt å få med seg det hele.

Drinken etter runden ble fortært i solen, på lesiden av restauranten.

Riktignok hadde den sterke vinden skapt mange spesielle situasjoner, men det var jo likt for alle, så den saken var helt i orden.

Ettersom vi kom fra forskjellige kanter gikk vi til hver vår bil etter å ha takket hverandre for en stormende men interessant golf dag.

Idet jeg nærmet meg min lille leiebil, så jeg at hele bilens bakdør med vindu var totalt knust og at en stor gren på mange meters lengde og en diameter på rundt 15 centimeter, fremdeles dekket mesteparten av bilens bakpart.

Nærmeste Eukalyptus er mer enn tjue meter fra bilen, men jeg kunne tydelig se hvor grenen var kommet fra høyt der oppe, for så å bli ført med vinden før den traff bilen.

Det var godt det ikke skjedde mens det var mennesker der som kunne bli truffet.

Denne episoden skjedde på slutten av 80 tallet, altså for rundt 30 år siden, og utrolig mye vann har siden rent i havet.

Golfbanen er dessverre ikke spillbar lenger, men naturen i dalen er like vakker og området har beholdt sitt mikroklima.

Peter Grosscurth døde i 1993 og jeg giftet meg med hans sveitsiske enke Marianne i 1998.

Vi bodde først 10 år i Cabrera før vi for rundt ti år siden flyttet ned på flatlandet for å gjøre livet litt enklere på våre eldre dager.

Fanatisme

Mai 2014

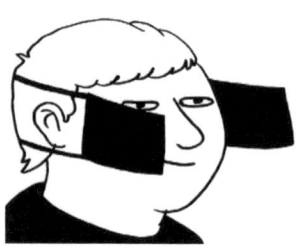

Selv om de fleste nok har klart for seg hva fanatisme er, starter jeg for sikkerhets skyld med en beskrivelse fra Wikipedia som sier at fanatisme er: "Ekstrem ensporethet. Lidenskapelig hevding av personlige overbevisninger, ofte kombinert med forfølgelselyst mot annerledes tenkende eller følende". Det er nesten så jeg grøsser når ordet fanatisme leses eller høres, ja selv når jeg bare tenker på det.

Kun i helt spesielle tilfeller kan i hvert fall jeg finne noe positivt i forbindelse med fanatisme og da dreier det seg om personlig fanatisme, eksempelvis at man er fanatisk opptatt av noe spesielt som ikke representerer fare for noen. Den fanatismen er nok i de fleste tilfeller helt ufarlig.

Vi ser daglige eksempler på personlig fanatisme som ikke er farlig. Grensegangen er klar for de fleste, men slett ikke for alle, og det er antagelig det som gjør fanatismen så farlig.

Det jeg finner litt merkelig er at en engelsk beskrivelse av fanatisme går mer i retning av det ovenfor nevnte, altså den personlige og ufarlige.

Oversatt til norsk lyden den noe slikt som: "Fanatisme er en tro eller oppførsel som involverer ukritisk iver eller overdrevet entusiasme når det gjelder tidsfordriv eller hobby".

Ja hadde det bare vært den vinklingen på fanatismen så hadde mye sikkert sett annerledes ut.

Mange har gjennom tidene gitt seg i kast med å analysere fanatikeren, han eller hun som står for den. Når det skjer dreier det seg helst om det de fleste av oss oppfatter som den farlige fanatismen.

Det hersker visst stort sett enighet om at disse fanatikerne som sådan selv ikke er onde i ordets egentlige betydning. De, fanatikerne, er bare fanatisk overbevist om at de meninger de representerer er de eneste riktige.

Det er aldri snakk om kompromisser sett fra en fanatikers synspunkt, så tanken om å benytte diplomati for å løse en konflikt hvor fanatikeren er i sving, kan umiddelbart legges på hyllen.

Den største faren ligger i fanatikerens evne til å påvirke andre svake eller skakkjørte lett påvirkelige sjeler, og det ser vi daglig eksempler på.

Vel, jeg er selvfølgelig ikke kompetent til å tilføye noe som helst når det gjelder fanatismen, men er på den annen side opptatt av at man på en eller annen måte må dette ondet til livs, altså den farlige siden. Vel, man må nok være realistisk, det å tro at man kan bli kvitt den farlige fanatismen, er nok å legge listen alt for høyt.

Skal man prøve på det må man nok benytte andre midler, i hvert fall hvis man tenker på en langsiktig løsning.

Ja, tenk om noen fant et fornuftig svar på den utfordringen.

På mange områder er det helt legitimt å henvise til statistikker. Selvfølgelig er det noe med at man ikke alltid kan stole på statistikkene, men det kommer ikke av at de som er opptatt av det ikke er i stand til å samle det riktige materialet, men at det manipuleres med materialet for at statistikken skal gi et ønsket resultat.

Uansett, det må sikkert finnes en statistikk som viser den prosentvise del av befolkningen som er fanatiske i henhold til definisjonen. Jeg er ikke i tvil om det, men tror allikevel at man er svært tilbakeholdende med og offentliggjøre denne. Antagelig mener noen at det kunne få samfunnsmessige konsekvenser

Er den prosentvise del av befolkningen som er fanatisk i henhold til definisjonen, den farlige hvis den kan isoleres, større eller mindre enn fem prosent, eller er den over ti prosent?

Ville det at vi fikk vite disse prosentens størrelse i det hele tatt ha noen betydning for oss andre i det daglige?

Personlig er jeg av den oppfatning at det er langt flere fanatikere blant oss enn vi tror, ja, jeg går så langt som til å melde meg som en potensiell kandidat, med henvisning til den foran nevnte engelske tolkning, den jeg mener er ufarlig.

Hvordan kan jeg mene det? Jo, det er ting i det daglige som jeg kan bli fanatisk opptatt av, uten at jeg ønsker og røpe hva det dreier seg om. Dette fordi det ikke dreier seg om en konstant tilstand og fordi jeg vet at denne formen for fanatisme er en helt ufarlig gren, i hvert fall for andre.

Om den kan være farlig for meg selv, ja derom tier historien.

Det jeg med andre ord prøver å hevde, er at fanatismen som sådan nødvendigvis ikke er farlig. Det er kun når den anvendes på feil måte, slik de fleste av oss ser det, at den blir farlig.

Den farlige fanatikeren er som regel en god lytter som velger sine medier med omhu. Tillit skapes og solide bånd knyttes. Mediene er som regel enkle og lett påvirkelige mennesker, og opptrer derfor lett i rollen som utøvere av den ondskap som overføres gjennom relasjonen.

I denne rollen er fanatikeren livsfarlig.

Holder vi oss til denne sist beskrevne, den farlige fanatikeren, håper og tror jeg nok at en ærlig statistikk ville verifisere at det kun er en brøkdel av en prosent av befolkningen som tilhører kategorien, i hvert fall i vår del av verden, og godt er det hvis antagelsen er riktig.

Selv om det antagelig er lite hver enkelt av oss kan bidra med for å avsløre disse potensielle "bombetruslerne", er det viktig at vi har vår innstilling og holdning klar, så vi og våre likesinnede ikke blir gjenstand for uventede bakholdsangrep.

Siamese twins - Jan Arnt 2010

Fantasi og produktutvikling
Mars 2013

"Fantasi er evnen til å kunne forestille seg noe, særlig det som ikke finnes i virkeligheten. Evnen brukes til å skape kunst, men også til å finne løsninger på problemer". Dette sier Wikipedia i sin enkleste beskrivelse. For egen del ville jeg gjerne erstatte "problemer" med "utfordringer", det lyder så mye mer positivt. Står man overfor utfordringer trigges fantasien, mens møtet med problemer kan synes lite inspirerende å gi seg i kast med, i hvert fall er det slik for meg. Klarere kan det ikke sies: Uten "fantasi" ingen nyskaping, "fantasi" er drivkraften. Det betyr imidlertid ikke at man automatisk kan bli en stor kunstner eller oppfinner fordi man har god "fantasi", det kreves selvfølgelig langt mer. Som nevnt i min Refleksjon om "nysgjerrighet" (Refleksjoner ll), er denne egenskapen også en betingelse sammen med "vilje", og en stor porsjon arbeidsinnsats, for å løse utfordringer.

Jeg mener at det ofte er "nysgjerrigheten" som kommer først. Er man "nysgjerrig" settes "fantasien" i sving.

Vel, når jeg ser dette på papiret kan det antagelig like gjerne være omvendt, altså, at har man først "fantasi" så trigges "nysgjerrigheten".

Når man setter fantasi i sammenheng med nyskapning eller produktutvikling, må man antagelig som utgangspunkt ha en ide, man kan ikke bare trekke noe ukjent opp av lommen, eller er det kanskje nettopp det man kan? "Spontanitet" er vel også en nødvendig ingrediens i skaperevnen?

Plutselig, uten forvarsel, får man en ide hvorfra det ene tar det andre.

Men tro nå bare ikke at en ide, som sådan, har noen verdi i seg selv. Det er det du gjør med ideen som teller.

Alt for mange ganger i mitt liv har jeg støtt på individer som har hatt all verdens mest geniale ideer. Mennesket er storslagent, det er vel ikke den ide som ikke har vært i hodet på en eller annen, antagelig på langt flere mennesker enn man kan forestille seg, uten at de naturlig nok har blitt kreditert for dette.

Det er fordi andre med samme eller lignende ide har klart å gjøre noe med den, omdannet den til realitet i form av praktiske resultater.

Man treffer ofte mennesker som når de blir konfrontert med en ide, svarer med at; "det har jeg da ofte tenkt på". Verdiløst, vi er her tilbake til "dilteren" eller "følgeren", han eller hun som ofte sier at; "det er det jeg alltid har sagt", eller; "det er det jeg alltid har tenkt og ment". Saken er at de av forskjellige grunner ikke har hatt evnen til å gjøre noe med ideen.

Den, ideen, forble bare en ide og derved verdiløs som sådan.

"Fantasi" og "interesse" hører også sammen. "Interesse" er et veldig vidt begrep. Snakker man om utvikling i betydningen produktutvikling, som jeg i denne sammenheng foretrekker, så kommer antagelig interesseområdet først, hvis man da ikke har fått "denne spesielle ideen", tilsynelatende ingen steds fra.

Det er de som hevder at; "denne ideen har jeg gått svanger med i lang tid". Spørsmålet er om ikke underbevisstheten spiller med i mange tilfeller. Arbeider man over tid med en utfordring, kommer ofte løsningen som servert på et brett, underbevisstheten arbeider i det stille.

Hvilket interesseområde man fokuserer på må først defineres. Når man så har funnet dette og slipper fantasien til har man satt i gang en prosess.

"Fantasien" har ingen grenser sies det og sikkert med rette, men i denne prosessen, altså når det gjelder produktutvikling, er det viktig å styre "fantasien".

Slippes denne ukontrollert fri kan det hele lett bli urealistisk.

Man må heller ikke stramme tøylene for mye, da man i så tilfelle lett kan begrense resultatet. Denne fine balansen er utrolig viktig.

Man må med andre ord lære seg å balansere "fantasien" med "realisme".

I andre sammenheng, altså når det ikke gjelder utvikling er det jo bare herlig å la" fantasien" få fritt utløp, den har jo ingen grenser, det er nettopp det som er "fantasi".

Enkelte har av en eller annen grunn lettere for å fantasere enn andre.

Tilbake til produktutviklingen. Gode ideer kommer sjelden dalende ned fra himmelen. Man må i utgangspunktet ha interesse for det området man velger, videre må man ha en åpen innstilling, for husk; "det kommer intet inn i en lukket hånd". Det hjelper ikke å slippe "fantasien" til hvis man allerede har satt bremsene på, enten i form av at man ikke har en åpen innstilling, eller at man fokuserer på problemer som skal løses istedenfor utfordringer som kan overvinnes.

"Inspirasjon" mener jeg også er en del av det som skal til. Skrev en betraktning om "inspirasjon" i 1994 (Refleksjoner I), og stilte blant annet spørsmålet om hvor man får "inspirasjon" fra og om ordet som kommer fra det latinske "inspirare" er synonymt med "skaperevne"?

Den gang holdt jeg meg til det å komponere musikk og billedlig kunst, så det passer bra med at jeg her stort sett tenker på "fantasi" i forbindelse med utvikling, spesielt når man hører at ordet står for; innlesing, innånding, oppfattelse, begeistring og guddommelig innskytelse.

Kanskje kommer "fantasien" når alt kommer til alt som kremen på kaken.

Uten prioritert rekkefølge står det klart for meg at "fantasien" hører med i nesten alle sammenhenger.

I det jeg har berørt i denne refleksjonen ser jeg "fantasien" knyttet opp mot, og som en vesentlig del av både: "inspirasjon", "nysgjerrighet", "interesse" og "åpen innstilling"; det å overvinne utfordringer.

Forståelse (Versjon 2)

Juni 2017

Ønske om forståelse, og viljen til å forstå, er fundamental.

Ønsker man ikke å forstå eller avviser tanken om å forstå, blir det selvfølgelig ingen forståelse, og da kan man heller ikke forvente å bli forstått.

Man må ha vilje og ønske om å forstå for at det skal bli forståelse.

Forståelse krever med andre ord både ønske og vilje.

Kommer man lenger med forståelse?

Etter min mening er det ganske klart.

Alle avgjørelser, hvis de skal ha noen verdi, må være basert på forståelse, altså basert på en vilje til å forstå det saken gjelder samt partene som er involvert.

Klart at det i mange tilfeller er mye enklere å la forståelsen komme i bakgrunnen, ikke bruke vilje, krefter og tid på å forstå. Da vil imidlertid sannsynligheten være stor for at avgjørelser som tas vil bære preg av dårlig kvalitet.

Tenk om det bare var så enkelt og forståelig.

Såkalte forståsegpåere er for øvrig ikke alltid like lette å forstå, selv om man legger viljen til. De kommer ofte med enkle og klare postulater om all verdens ting og forhold, men takket være sin personlighet faller de ofte i den menneskekategorien som kalles usympatiske.

Bedrevitende personer kan gjerne ha rett, men det hjelper ikke når de overbringer budskapet på en usympatisk måte, altså med et snev av at: Jeg vet best.

De som på den annen side opptrer bevisst og heller holder den litt mer beskjedne stilen, vil som regel både bli respektert og verdsatt.

"Forstår du det"? er et uttrykk som ofte benyttes når man vil forvisse seg om at ens budskap er forstått.

Litt vel kommanderende etter min mening. Her krever man at vedkommende har forstått. Man forventer et "Ja - det forventes en bekreftelse".

For mange blir det vanskelig å si nei, selv om det egentlig er det de mener.

For den ene part er dette selvfølgelig riktig, men hva med kvaliteten av forståelsen.

Hvorfor ikke prøve seg med et litt svakere spørsmål? "Jeg håper du har forstått?". Det gir full adgang til å fange opp eventuell usikkerhet, og kan gi et svar som: "Ja, men jeg har et par spørsmål". Dialogen er i gang, forståelsen underbygges, kommunikasjonen får en riktig balanse og forutsetningen for et godt resultat er lagt til rette. Det ligger vilje til forståelse i luften.

Flisespikkeri vil mange si, spesielt i vår tid hvor SMS og mail skal forkortes til det uforståelige.

Nå er man til og med kommet så langt på enkelte nyhets-kanaler på TV, at man gjør alt for å få plass til informasjonen, eller budskapet, på en linje.

For å oppnå det innføres en rekke forkortelser, som for en rekke av oss vanlige mennesker er totalt uforståelige. Selv med velvilje blir det vanskelig å forstå.

Hvor blir det da av forståelsen? Ja, den som kan forstå det.

Antagelig er det bare oss i "vintage alderen" som sukker.

I debatter hører man faktisk innimellom noen som på diplomatisk vis prøver seg med følgende, som inngangen til et svar på et innlegg:

"Jeg har stor forståelse for det du sier, men…".

Det varer nok ikke lenge før også den formen forsvinner helt. Det går da mye greiere når man direkte sier: "Jeg er uenig i det du sier".

Jeg håper det er forståelse for mitt syn på forståelsens betydning.

P.S. Først etter at denne refleksjonen var ferdig, oppdaget jeg at "Forståelsen" allerede har fått sin refleksjon. Den ble satt på papiret i oktober 2013 og er med i min bok Refleksjoner II.

Vel, det er blitt godt over 200 refleksjoner etter hvert, så man må ha meg tilgitt.

En annen sak er at den første av disse to fokuserer mest på "Forståelsen" mellom mennesker, mens denne handler mer om "Forståelsen" som sådan, og viljen til å forstå.

Fugleskremsel
September 2017

Der vi bor i Syd Spania, ved det trettende hull på golfbanen, er det også en rekke forskjellig fugler som synes det er godt å leve.

Vår leilighet ligger i annen etasje på enden av en blokk med fire og med begge leiligheter under oss ubebodd.

Spurver, duer, og svaler i sesongen, sloss seg imellom om plassen til å bygge reder i alle krinkler og kroker og i trærne rundt. De ser alle ut til å stortrives nettopp på dette hjørnet.

Vår vaskehjelp, som kommer en gang i uken, bruker halvparten av tiden til å vaske terrassen for fugleskitt.

For oss ser det ut som våre lokale bevingede venner konkurrerer om hvem som kan tilgrise mest, akkurat på vår terrasse. Ikke nok med det, til tider ser det ut som de også har invitert venner fra andre distrikter.

Bortsatt fra ubehagelighetene som følger er vi glad for livet de skaper, selv om vi til tider får svaler inn i stuen når skyvedørene står åpne.

Vi har da et svare strev med å få stakkarene uskadde ut i naturen igjen, men har etter hvert opparbeidet en god teknikk. Så langt har ingen blitt skadet.

En gang hadde vi tre svaler samtidig inne i stuen, men også det gikk til slutt godt, uten at noen ble skadet.

Under vår årlige tur til Oslo, vanligvis i august, registrerte min kone i år at det var spesielt stille i leiligheten. Bortsett fra de vanlige lyder man har i en by, er de eneste fugler vi hører, når vi hører dem, måkene. Dette er antagelig ganske naturlig da vi bor ganske nær vannet.

Når vi er der savner vi ikke varmen. En av grunnene til at vi drar nordover er nettopp for å "kjøle oss litt ned", men fuglesangen hjemme savner vi, og gleder oss alltid til å komme tilbake til. Som nevnt er det herlig med sangen og det å se dem, men det er vanskelig å sette pris på det som ellers følger.

En dag vi i Oslo spaserte rundt i distriktet hvor vi bor når vi er der, været var overskyet og det blåste en svak bris, fikk min kone øye på noe over taket på en av bygningene. Kunne det være er rovfugl? Ganske utenkelig svarte jeg før jeg så opp.

Straks jeg så de store vingene spredd over toppen av bygningen forstod jeg at det var et svart fugleskremsel som lignet på en stor rovfugl. Den beveget seg fra side til side og opp og ned i takt med den vekslende vinden.

Jeg har ikke sett så mange av denne typen fugleskremsler før, men når vi nå var blitt oppmerksom på denne, så vi flere andre i dagene som fulgte.

Min kone ble begeistret og mente at dette var en mulig løsning hjemme, for å unngå alt griseriet, og ba meg finne ut hvor man kunne få kjøpt dem.

Jeg sa meg helt enig i at ideen var god men at vi generelt har lite vind der vi bor, så kanskje den ikke ville fungere. Videre mente jeg at størrelsen tilsa at en sådan antagelig ikke ville få plass i kofferten.

Hun, som er sveitsisk og til tider kan være ganske sta, var ikke særlig imponert over min negative argumentasjon og mente at man selvfølgelig kunne finne en type som var mindre og at det var klart at den også ville fungere i Spania.

Som den fornuftige mann jeg er, lot jeg det bli med det og lovet at jeg ville gi prosjektet en sjanse.

I første etasje i komplekset vi holder til ligger kontoret for vaktmestertjeneste og sikkerhet.

Neste gang jeg passerte stakk jeg innom og spurte om de visste hvor fugleskremslene jeg hadde sett på en del tak i distriktet var kjøpt, svarte de at det visste de ikke, men at de gjerne kunne gjøre en undersøkelse og "maile" meg.

Så langt alt bra, nå kunne jeg i hvert fall med god samvittighet si til min kone at jeg var i gang.

Bare minutter etter at jeg kom tilbake i leiligheten, hørtes et signal i min i telefon, og umiddelbart etterpå skrev jeg ut mailen fra PCen, som selvfølgelig hadde fått meldingen samtidig.

Nå hadde jeg to alternativer i hånden. En var en butikkjede, "Biltema", mens den andre var basert på "on line" kjøp og derfor uaktuell for oss.

Normalt trenger vi ikke bil når vi er i Norge, har dårlig kjennskap til offentlige transportmidler og syns drosjer er uforholdsmessig dyre, så jeg tenkte at for en sjelden gangs skyld ville jeg benytte familiefirmaet til å hjelpe meg.

Jeg har fremdeles god kontakt med en av "oldtimerne" fra mine aktive dager, og hadde nettopp slått nummeret på iPhonen når en innkommende samtale tok prioritet og jeg hørte min venn Christians stemme.

Hei George, jeg ringer som avtalt fordi jeg har fått et opphold i golfen og håper vi kan treffes for en kaffe og en prat.

Du vil ikke tro det svarte jeg, men jeg ringte Terje på kontoret i samme øyeblikk som du kom inn, fordi jeg trenger litt hjelp til å skaffe noen fugle-skremsler.

Jeg kunne nesten se spørsmåltegnet i ansiktet hans gjennom telefonen! Hva for noe?

En time senere ble jeg hentet og kunne forklare hele historien. Christian var umiddelbart med på notene - jakten var i gang.

Han visste hvor ”Biltema” holdt til i Oslo, at forretningen lå på den mot-satte side av byen og at det er en stor kjede med forretninger over hele landet.

Etter tjue minutter befant vi oss i den megastore forretningen og presente-rer vårt ærend. Det tok først litt tid før de fant fugleskremselet i den fine far-gekatalogen, til de hadde sjekket på skjermen og kunne fortelle at de dessverre var utsolgt.

Hva så, hvor kunne vi ellers finne dem? Etter at ekspeditøren fortalte oss at deres kjede var den eneste som forhandlet disse, spurte vi selvfølgelig om hvor nærmeste ”Biltema” forretning holdt til.

Den lå i Drøbak, nesten førti kilometer sydover på østsiden av Oslofjorden svarte han, samtidig som han sjekket på skjermen, og kunne fortelle at de hadde noen få på lager.

Med humøret på topp, å stadig masse og snakke om, ble Drøbak vårt neste mål.

Igjen hjelpsom mottagelse, men det viste seg raskt at også de var utsolgt.

Hvordan kunne det ha seg, vi hadde jo fått vite at…….? – unnskyldninger, ikke noe å gjøre med det.

På vårt spørsmål om hvor vi så kunne finne dem, og etter at han hadde konsultert dataen, svarte han at Hamar var stedet hvor de skulle ha dem på lager.

Hamar ligger ganske nøyaktig et hundre og tjuefem kilometer fra Oslo og legger man til de førti vi var lenger syd, ville turen dit dreie seg om rundt hundre og seksti kilometer.

Vi ble enige om at et sted går grensen for hvor mye man skal ofre for å skaffe et skarve fugleskremsel.

Ettersom Christian hadde plukket meg opp klokken elleve og klokken nå hadde passert ett, var det kaffetid. Han kjente området godt, så vi dro innom et kjempestort kjøpesenter bare noen minutter fra der vi var.

Besøket endte med at jeg fikk kjøpt meg er par pullovere før vi satt med kaffen i hånen og Christian kom på ideen om å kontakte vår Golf klubb, Oslo Golfklubb Bogstad, som han mente hadde et par av disse flygende variantene på sin terrasse foran klubbhuset. Han spiller golf nesten hver dag i sesongen og kjenner alle i klubben.

Et raskt oppkall til administrasjonen bekreftet at klubben på et tidspunkt hadde kjøpt et par fugleskremsler av den typen vi var ute etter. Ingen husket imidlertid leverandørens navn, men mente det var noe i retning av …..? – Tusen takk, ha det og over å ut.

Vel ute på motorveien igjen slår Christian på Tom Tom navigatoren og ringer opplysningen.

Den hjelpsomme damen i den andre enden kunne umiddelbart ikke finne navnet vi oppgav, men min venn er ikke den som gir opp. Hva med å prøve en liten forandring i stavemåten, så som for eksempel….?

Etter et par forsøk, bingo – fulltreffer. Tusen takk for hjelpen og hvis jeg ikke får klaff ringer jeg tilbake, ha en god dag.

Jeg lyttet selvfølgelig spent med på det som foregikk, da alt skjedde høyttalende på bil-telefonen.

Ingen presentasjon av firmanavn, bare et "hallo". – Er du den som driver med fugleskremsler?

Det var mannen. Han hadde ingen forretning men fortalte at han var importøren av de flygende skremslene og hadde et varelager i kjelleren på et moderne forretningsbygg rett utenfor Lillestrøm, bare sytten kilometer nord for Oslo, mot Gardermoen. Han holdt imidlertid ikke til der, så vi måtte avtale når vi skulle møtes.

Nå dreide det seg bare om en ny liten kjøretur på rundt seksti kilometer, og med stadig mer igjen snakke om, var vi fast bestemt på å fullføre ekspedisjonen.

Christian programmerte den oppgitte adressen i Tom Tom-en, og med

Lillestrøm som meste mål bar det av sted.

Jeg glemte å fortelle at jeg under prøvingen av pulloverne, hadde lagt igjen brillene mine. Det var i hvert fall det jeg tenkte idet jeg oppdaget at de ikke hang rundt halsen der de skulle. Det dreier seg om spesialtilpassete lesebriller, så nå var det bare å returnere.

Første snu-mulighet og deretter tilbake til en smilende ekspeditrise som heldigvis hadde funnet dem.

Det siste Christian hadde gjort i telefonen med fuglemannen var å lage en avtale om at han ville ringe igjen når vi kjørte inn i Lillestrøm, for å avtale når vi skulle møtes.

Vi rinte som avtalt, forklarte vår posisjon og avtalte "randez-vous" ti minutter senere.

Idet vi kjørte inn på parkeringsplassen, så vi en annen bil som var på vei til å parkere.

Ser du etter oss og vi etter deg? Perfekt timing.

Nede i kjellerlokalet hadde Jan, importøren, et utrolig utvalg av jaktprodukter, og midt i det hele det vi lette etter.

"Fuglene" fantes bare i en størrelse, men i to farger, svart og brun.

Mindre enn ti minutter senere var vi på veg mot Oslo igjen med fire fugleskremsler, to av hver farge. De var presis den samme typen som min kone og jeg hadde sett på toppen av bygningene rundt der vi bor.

Oppdraget fullført, og til og med til en svært fordelaktig pris.

Christian mente nå at det var på tide med en baguette, så vi la turen innom Hauger golfbane, hvor vi begge har spilt et utall ganger.

Med to kopper kaffe, han med en baguette og jeg med et wienerbrød, nøt vi den fine utsikten over banen og den praktfulle naturen, og var helt enige om at dagen på alle måter hadde vært meningsfylt.

Litt over klokken fem ble jeg satt av, og det siste vi ble enige om var at han og hans kone, som vanlig, skulle avlegge oss et besøk i Spania når den Norske golfsesongen er over og de lange mørke dagene setter inn.

Jeg behøver vel ikke å fortelle at min kone ble veldig glad når jeg viste frem dagens "fuglefangst" og at det til og med var plass til dem i koffertene.

Nå gjenstår bare å se om de kommer til å virke etter hensikten? – Time will show.

Fullt hus
2015-2017

Overskriften reflekterer ikke direkte innholdet i denne litt spesielle historien.

Triana er vår favorittrestaurant, og som man vil forstå, ikke bare fordi den ligger i urbanisasjonen og derved er lett tilgjengelig.

Den er drevet av Guillermo, og hans mor Mari Carmen er sjefs-kokk. Vi har hatt gleden av å følge stedets utvikling fra det åpnet, da vi allerede på det tidspunkt var fast etablert i urbanisasjonen Valle del Este i Syd Spania.

Nærmere bestemt ikke langt fra byene Vera og Garrucha i Almeria, Andalucia.

Mari Carmen er opprinnelig fra Valencia, mens faren til Guillermo kommer fra Aljeciras ved Gibraltar.

Det hele begynte med at Guillermo arbeidet som kelner på det nyåpnede hotellet i Valle del Este.

Han var likt av alle fra første dag og svært populær.

Det kommersielle senteret som ble bygget samtidig med hotellet, ligger bare et sten-kast fra den østlige del av hotellet, og det varte ikke lenge før Triana, eller Hojo 19 (Hull 19) som restauranten nå heter, åpnet. Det skjedde i 2008. Familien satset alt på restaurantdriften og det skulle fort vise seg å bli en suksess.

Mari Carmen hadde i mange år før den nye satsingen drevet en populær restaurant i Soto Grande, nær Gibraltar.

Faren, Felix, dukket også opp på arenaen etter hvert, men med beskjeden delaktighet i den daglige drift.

Etter hvert som Trianas popularitet steg, kom også behovet for utvidelse, og i dag kan rundt 100 gjester betjenes samtidig.

Under Mari Carmens dyktige ledelse ble to rumenske assistenter, Elena og Carmen opplært i hennes allsidige kokkekunst, og er i dag fullverdige i tilberedelsen av det kulinariske. Guillermo som i det daglige også selv tar hånd om sine gjester, har vist seg å være en dyktig personalforvalter, og gjennom årene har vi kun superlativer å komme med når det gjelder den øvrige stab.

I dag består den indre kjerne når det gjelder kundebehandling av Juanio, Brook og Grego. Brook er den sist ankomne, engelsk, men oppvokst i Spania. Hun bor i urbanisasjonen og er for øvrig den yngste av de tre. Alltid søt og blid og med øyne på hver finger. Juanio bor i landsbyen Gallardos, rundt fem kilometer borte og hans positive innstilling smitter. Grego, som bor i vår nærmeste by Vera er, uten forkleinelse for de to andre, imidlertid svært spesiell, i positiv sammenheng. Vi stiftet bekjentskap med henne lenge før hun kom til Triana, mens hun arbeidet på en annen restaurant. Allerede den gang la vi merke til hennes positive sider. Hun har nå arbeidet for Guillermo i noen få år, og for oss står hun som det beste eksempel på hvordan en servitrises arbeidsoppgaver bør utføres. Hun har arbeidet i faget i mange år og har trukket med seg en rekke gjester fra sine tidligere arbeidssteder.

Gjennom vinterhalvåret spiser vi lunch minst en gang i uken ved vårt stambord, mens vi i den varmere perioden trives bedre med kvelds-besøk. Maten og atmosfæren er helt på topp og det er tydelig at stedet også er svært populært blant spanjolene, ettersom disse utgjør den tyngste del av gjestene når man ser bort fra golfere som etter en runde gjerne møtes der til den tradisjonelle drinken etter utført dyst.

Etter ovenstående vil antagelig leseren nå ha forventet at det tilføyes noe om at Triana stadig er fylt med gjester, altså, assosiert med overskriften "Fullt hus".

Selv om dette nok skjer ved spesielle anledninger, for eksempel på visse fredager hvor det arrangeres flamenco dans eller annen form for levende musikk, er det ikke det fulle huset denne refleksjonen dreier seg om.

Vi drikker så godt som aldri kaffe hjemme, det går mest i te, men spiser vi ute tar vi begge gjerne en kopp istedenfor dessert, men da normalt bare etter lunch, sjelden etter middag. Skulle det skje en sjelden gang dreier det seg alltid om koffeinfrie sådanne.

På Triana er ordningen slik at hvis vi ikke uttrykkelig har gitt beskjed om at vi ikke vil ha kaffe, kommer denne automatisk. Min kone får da en Americano con Hielo, mens jeg får min caffe con Leche. Oversatt betyr det for min kones vedkommende at hun får en vanlig kaffe med is. Isbitene serveres separat i et glass og man heller selv kaffen fra koppen over i glasset med is. For mitt vedkommende dreier det seg om vanlig kaffe med melk.

Det som hittil er skrevet satte jeg på papiret i juli 2015.

Siden den gang har det skjedd store forandringer.

Restauranten har gjennomgått en total ombygging og fremstår nå med et helt nytt ansikt.

Både Brooks og Grego har av forskjellige grunner sluttet, og siden denne historien egentlig kom til i forbindelse med en episode som Grego fortalte meg, blir det derfor en dreining i manus.

En dag hun serverte oss den obligatoriske kaffen etter en bedre lunch, kom jeg til å spørre henne om hvor mange forskjellige kaffeoppskrifter hun kunne servere.

Med et smil forteller hun at hun en gang serverte et bord med 16 spanjoler. Dette skjedde på en tidligere arbeidsplass, ikke på Triana.

Når de kom til kaffen hadde alle 16 bestilt forskjellige oppskrifter fra hennes repertoar.

Hver gjest fikk med andre ord sin individuelle kaffe-oppskrift.

For meg som vet minimalt om kaffe, synes det nesten utrolig, så jeg spør henne om hun kunne sette de forskjellige oppskriftene ned på et stykke papir. Jeg hadde som man forstår allerede i tankene å skrive en liten historie om Triana, og fortalt henne det.

Intet problem fra Gregos side, hun hadde langt flere enn de seksten på lager.

Neste gang vi kom til lunch overrakte hun meg en liste med de 16 forskjellige kaffeoppskriftene hun hadde servert den gangen, uten nærmere kommentarer.

Av forskjellige grunner ble det ingen prioritering av denne refleksjonen før nå i 2017.

Da kom jeg til å tenke på de 16 forskjellige kaffeserveringene og tenkte at refleksjonen om Triana måtte kalles "Fullt Hus", ikke som tidligere tenkt "Triana".

Så oppstår utfordringen. Hvor hadde jeg gjort av listen fra Grego?

Uansett hvor mye jeg lette kunne jeg ikke finne den.

Grego har som nevnt for lengst sluttet, så refleksjonen kom jeg ikke videre med.

Vel, jeg kan ikke tenke meg at min opprinnelige plan var å presentere en komplett detaljert liste over de forskjellige oppskriftene, så kanskje det ikke er så viktig med Gregos liste allikevel.

En søking på Google vil antagelig tilfredsstille selv den mest kresne kaffe-elsker.

Jeg lar det bli med dette og velger å tro at det er få som kan gjøre Grego etter når det gjelder å servere "Fullt Hus" med forskjellige kaffeoppskrifter til et bord med 16 gjester.

De tre numremænd - Jan Arnt 2010

Gledesdikt.

Den største glede må være å se,
at andre kan smile å le.
At andre kan føle at livet er verdt nettopp det.

Det er nok av dager hvor tanker er vonde
og nok av dager hvor tanker er tunge.

Men også et hav av tanker med glede,
det er kun et spørsmål om å kunne se det.

Hold øynene åpne, hold blikket klart,
hold hånd om det skjønne, for det er sart.

Ta vare på alt som er godt i livet, og ikke
gjem deg bort i sivet.
For selv om hvert strå er tynt i seg selv,
danner mengden en tetthet som gjør deg til trell.

Du ser ingen utgang, du går der og famler,
du griper i luften, er det den du samler?

En strå-mur kan ikke forseres med krefter,
du må bruke av livets åndelige tefter.

Du må løfte deg opp, du må utløse saften,
du må ville det selv, du må bruke kraften.

Du har den styrken som skal til,
det er bare et spørsmål om hva du vil.

Punkt for punkt kan du skåre poeng,
bestem deg for det, gjør det om igjen.

Gjør det hele tiden, vær deg bevisst,
og du vil aldri føle deg bitter og trist

Januar 1995 (Cabrera)

Historien om "KAPASITETSUTNYTTELSE OG SNIKUTVIKLING"

April 1999

I fjellandet der oppe mot nord var det en gang en utviklingsavdeling som hadde begrenset kapasitet i forhold til alle de store oppgavene den hadde påtatt seg. Selvfølgelig var det positivt at man hadde mange oppdrag, men den begrensede kapasiteten gjorde at ting sjelden ble ferdig til den tid som de kommersielle forventet. Det var heller ikke bare- bare å utvide kapasiteten, for det hadde både med økonomi og tid å gjøre.

Det å utvide kapasiteten ville også kreve opplæring, noe som på kort sikt igjen ville tappe utviklingskapasitet i det lille miljøet.

På et tidspunkt, egentlig lenge etter at man burde ha gjort det, presset nærmest med ryggen mot veggen når det dreiet seg om oppdrag, gikk man imidlertid til det skritt å utvide kapasiteten, og riktignok, verdifull utviklingskapasitet gikk i første omgang med til opplæring.

Alle var enige om at kapasitetsutvidelsen var nødvendig og en betingelse for at man skulle komme videre på lenger sikt, men arbeidspresset på utviklerne bare økte og økte.

Det verste var at en av utviklerne, helt fra han begynte i utviklingsavdelingen, måtte assistere salgsavdelingen når det dreiet seg om større og viktigere kundepresentasjoner. Man var enige om at denne direkte kundekontakten var verdifull for hans egenutvikling, men så var det dette med kapasiteten til å drive utvikling da.

Firmaets produkter ble stadig mer populære i markedet, det ene etter det andre prosjektet dukket opp, og jo større suksess jo større krav til teknisk assistanse i kundepresentasjonene.

Man mente nok at det var viktig at salgsavdelingen måtte sikre seg eget teknisk personell som kunne assistere i kundepresentasjonene, men igjen måtte man tenke økonomi, og ikke minst, ville man finne noen som like elegant som den erfarne utvikleren, ville kunne innta dennes funksjon ute i markedet?

For at "såkornet" ikke skulle bli spist, ble man langt om lenge enig i at man måtte styrke salgsavdelingens tekniske kundesupport, og rykket inn en annonse.

Man innså at dette ville bli et langt lerret å bleke, men man var da i et hvert fall i gang.

Produktene ble også solgt i andre land, og spesielt i det flate nabolandet hadde man en egen, ikke rent liten salgsaktivitet, ja faktisk nesten på linje med den i fjellandet.

I firmastrategien lå det for øvrig en plan om at man på lenger sikt skulle betrakte hele Skandinavia som hjemmemarked, men det var en annen sak.

Selskapet i det flate nabolandet hadde også sine kapasitetsproblemer, men i og med at de ikke bedrev utvikling, og ikke var tiltenkt å gjøre dette, så var i et hvert fall alle tekniske krefter nær knyttet til salg og service.

Nå hadde det seg slik at de også hadde mange store prosjekt på gang, og selv om det må innrømmes at fjellfolket og flatlandsfolket stort sett kunne forstå hverandres språk, så lå det en ikke helt uvesentlig kulturforskjell mellom de to land. Kundeforholdene var derfor ikke på alle plan sammenlignbare, og det hendte at produktene måtte spesialtilpasses lavlandsmarkedet.

Flatlandsfolket var på mange områder svært kreative, og bød det seg en sjanse til å fremheve systemenes fortreffelighet på områder som disse enda ikke var utviklet for, så gikk de ikke av veien for det.

Så hendte det en dag at man sammen med en eksisterende kunde, nettopp av denne grunn, gikk inn i et prosjekt som alle var enige om så spennende ut. Entusiasme skortet det sjelden på i noen av selskapene.

Kunden nedsatte en komite som skulle utrede et prøveprosjekt, og ønsket teknisk deltagelse fra selskapet i det flate nabolandet, noe som selvfølgelig ble innvilget av de lokale krefter.

Alle var klar over at det ikke fantes kapasitet hos utviklingsavdelingen i fjellandet til å gå inn i prosjektet, men kunden presset på flatlandsfolket. Før man visste ordet av det hadde den av kunden opprettede, hårdt arbeidende komite, lagt opp en fremdriftsplan for hele prosjektet som også direkte omfattet flere ansattes forhold.

I utrednings-perioden hadde man fra teknisk hold i det flate nabolandet hatt en uformell løpende kontakt med utviklingsavdelingen i fjellandet.

Den gikk blant annet ut på at en del tekniske spørsmål ble stilt og besvart, og etter en tid ble man enige om at utviklingsavdelingen allikevel skulle engasjeres 3 dager i forbindelse med noen detaljer vedrørende en test som kunden ønsket.

Det viste seg snart at en del forutsetninger ikke var så klare som man hadde trodd og de 3 dagene ble til en arbeidsuke.

Nå er det som de fleste vet ikke alltid like lett å se konsekvensene av en handling og det gikk ikke annerledes enn at selv om prosjektet ikke på noen måte var registrert som en oppgave i utviklingsavdelingen og derved gitt en prioritering, så fikk man avfinne seg med en nær 100 % tidsoverskridelse.

Testen ble utført, og dette førte naturligvis som det alltid gjør til en kontinuerlig "feedback", noe som igjen la beslag på ikke eksisterende fri-kapasitet ved utviklingsavdelingen.

Det ene tok det andre, og før man visste ordet av det, hadde all denne konsultasjonen, som stort sett hadde foregått i uskyldige bruddstykker over telefonen, resultert i et engasjement av utviklingsavdelingen som ble registrert som en hel arbeids-måned for en utvikler.

Når man oppdaget dette gikk man i dybden, og fant snart ut at det prosjekt som det fra kundens side var lagt opp til, og som man nå følte seg forpliktet til å fullføre på et tidspunkt, knapt var halvveis gjennomført.

På denne måten hadde man overskredet den opprinnelig avtalte utviklingstid med 7 til 8 ganger og som nevnt klart kommet så lagt inn i at det for lengst var for sent å snu.

Alt dette hadde skjedd, som vi forstår, uten at utviklingsavdelingen egentlig var engasjert, og uten at det lå noen økonomi innebygget.

Plutselig hadde man fått en "snikutvikling" i det flate nabolandet som det aldri offisielt hadde vært lagt opp til. Dette ville naturligvis gi de ringvirkninger at det ville trenges en kontinuerlig support og oppfølging fra utviklingsavdelingen, noe som igjen ville belaste dennes hårdt pressede kapasitet.

Økonomien var i første omgang kanskje ikke det viktigste, men hva tror du hendte med de prosjekter som allerede var prioritert, og som man i forveien hadde forpliktelser til å levere?

Ja, slik er det i eventyrets verden, for det kan vel ikke være mulig at ting som dette kan skje i en velordnet organisasjon i den virkelige verden?

Snipp, snapp, snute, og så var det eventyret ute.
Asbjørnsen og M….
April 1999

P.S. Nå må man ikke tro at dette er et sørgelig eventyr, for selvfølgelig er det fint med initiativ, det er jo en utrolig viktig drivkraft sammen med arbeids-innsats, for uten dette ville man fort stoppe opp i utviklingen.

Alt godt fra havet - Jan Arnt 1980

Innvielse

Mars 28 -1998

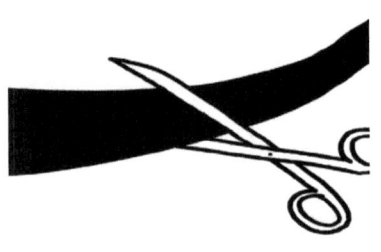

Bare noen få hundre meter fra den siste bygningen i en rekke av mange, i utkanten av landsbyen, er et rødt silkebanner trukket over veien.

Banneret er på hver side festet til skinnende messing-stolper, festet til solide jernplater så de ikke skal velte.

Messing-stolpene hører ellers hjemme i "Salon de Plenos" i Rådhuset. Borgermesteren i landsbyen, ugift og med en stor svart mustasje, presten og presidenten i "Deputacion Provincial De Almeria", den nærmeste by av noen størrelse og hans representanter, danner frontfigurene i den hendelsen som er på vei til å skje.

Klokken er rundt ti på formiddagen, og det lokale musikkorpset i sine fargeglade uniformer står rundt i grupper og snakker lavmælt i påvente av nærmere instrukser.

Noen hundre av landsbyens innbyggere har også funnet veien til dette stedet, ettersom informasjonen om det som skal skje har blitt spredd.

Selv i 1989 skjer spredning av informasjoner som eksempelvis denne, over et forsterkersystem med høyttalere strategisk plassert over hele landsbyen. Antagelig er dette en effektiv forsikring om at informasjon også når dem som aldri leser en avis eller lytter til den lokale radio

Selv om man finner barer på nær sagt hvert eneste gatehjørne er nok dette fremdeles den beste form for informasjonsspredning.

Begivenheten som skal skje er innvielsen av den seks kilometer lange veistrekningen som heretter vil bli hoved-traseen opp til urbanisasjonen Cabrera

Selve veien har eksistert så lenge noen kan huske og lenge før det, men bare som en støvete adkomst til den gamle "Fincaen", hvis ruiner stadig befinner seg midt i urbanisasjonen.

Veien fortsetter videre opp fjellsiden og når mer enn sju-hundre meter over havet før den igjen svinger ned på den andre siden. Fra der veien når det høyeste punkt, har man en storslått utsikt over fjellkjeden både mot øst og vest, samtidig som man ser Middelhavets krumning.

Distansen ned til den mer enn sytten kilometer lange strander er mindre enn ti kilometer, mens det høyeste punkt i fjellkjeden er rundt tusen meter.

Til i dag har denne adkomsten opp til urbanisasjonen, bare vært tilgjengelig for firehjulsdrevne biler.

Veien som hittil har blitt benyttet for å bringe fastboende og besøkende opp til stedet, ble laget samtidig med at urbanisasjonen ble etablert i 1983. Den kommer fra den motsatte siden, er mye brattere men til gjengjeld asfaltert.

Guardia Civil er representert med en nyvasket grønn og hvit lakkert bil og fire uniformerte politimenn.

På mindre enn en uke har en svært effektiv arbeidsgjeng med topp moderne utstyr, preparert og klargjort veien, før den for bare dager siden ble asfaltert.

Fra et fugleperspektiv kan man nå se en slange som svinger seg gjennom det ondulerte terrenget opp til urbanisasjonen.

Hvis denne episoden hadde inntruffet bare et halvt år tidligere, ville hun ha ankommet i sin tretten år gamle hvite Ford Fiesta, men nå kommer hun kjørende ut fra landsbyen i sin sporty knallrøde Koreaner.

Hun har knapt parkert før ordføreren åpner bildøren og hjelper henne ut for så å gi henne det klassiske kyss, ett på hvert kinn.

Helt siden hennes eldre ektemann gikk bort fire år tidligere, har han hatt et godt øye til henne.

Det skal i all rettferdighets navn sies at han aldri ble gitt noen oppmuntrende tilbakemelding.

En gang, husker hun, kom det allikevel så langt at hun måtte fortelle ham at hun hadde en sønn på hans alder.

Etter denne tildragelsen, og etter at det var allment kjent at hun hadde innledet et nytt forhold, fikk relasjonen dem imellom et mer forretningsmessig og profesjonelt preg.

På dette tidspunkt hadde han bare vært borgermester i landsbyen litt over ett år, men med den møllen av byråkrati som hersker her nede i Syd Spania, og med hennes forretning, er en stadig kontakt med autoritetene en nødvendighet for at hjulene skal gå rundt.

Med hennes erfaring gjennom mer enn 25 års opphold på det samme sted i Spania, har hun valgt en "ikke relasjon" til lokalpolitikken.

Hun rir derfor på en bølge av personlige kontakter bygget opp gjennom disse årene, som ikke involverer politisk prestisje fra dem hun involverer seg profesjonelt med i forretninger.

I alle de årene hun har oppholdt seg i området, har landsbyen hatt tre ordførere; en som representerte det konservative parti, en det sosialistiske og en fra de uavhengige.

Etter hvert kommer det stadig flere mennesker til, og selv om vi er i slutten av mars viser gradestokken nær 30 varmegrader.

Endelig får musikkorpset sitt startsignal. Trommevirvel er starten på et par velkjente marsjer, som blir etterfulgt av de uunngåelige talene.

Disse hører ufravikelig med til dette sceneriet.

Når presten, som den siste taler skal gi veien sin velsignelse med en finger pekende oppover, minner han de tilstedeværende om at velsignelsen kun gjelder for dem som respekterer fartsgrensene på henholdsvis tretti og førti kilometer i timen.

Forsamlingen bryter ut i latter, og tiden har kommet for det store øyeblikket. Fra der hun står sammen med borgermesteren med saksen i hånden, klar til å klippe banneret, slår det henne at hun på en måte har kommet til et nytt kapittel i livet.

Som lyn fra klar himmel bringes hennes tanker tilbake til første gang hun forlot hjemlandet og startet sitt arbeid på Ibiza, og det livet hun har vært gjennom til hun nå står her klar til å klippe banneret som et symbol på den offisielle åpningen av den nye veien opp til urbanisasjonen som, både for henne og hennes siste ektemann, har gitt mange gleder, men som også har kostet mye blod, svette og tårer.

Med den totalt manglende bevegelse i luften, faller banneret som nå er klippet i to, ned på asfalten og blir trukket til hver sin messingstolpe.

Derved oppstår en åpning hvorigjennom en lang rekke av biler kan starte på sin sakte tur opp mot Cabrera.

For henne representerte dette en symbolsk start på en ny fase i hennes liv.

Kidnapping i Sverige
April 2014

Dette kunne like gjerne være tittelen på en triller av Stieg Larsson, men langt fra noen sammenligning for øvrig.

Her dreier det seg om en liten, men allikevel sann historie, som for alle andre enn de involverte naturlig nok fortoner seg som en ubetydelig opplevelse og som kun representerer to tre sider på papiret. Dette skjedde for rundt sytti år siden, nærmer bestemt i 1945. Selv om jeg nok på en måte var hovedpersonen i hendelsen, har det liten betydning.

Jeg kunne like gjerne ha vært en beskjeden klump gull eller et dokument av spesiell verdi for de involverte.

Min mor giftet seg i 1936 med min engelske far George Bernardes. De bodde i England og bare måneder etter at jeg ble født den 14de mai i 1939, dro hun fra et haltende ekteskap hjem til Norge sammen med meg.

Min far ble, etter at krigen i Norge var i gang, stasjonert som engelsk konsul i Haugesund, med hovedoppgave å overvåke den tyske skipstrafikken.

Han havnet etter hvert som tyskerne fikk fotfeste i landet, i Åndalsnes, som på det tidspunkt ble bombet sønder og sammen av tyskerne.

Huset han befant seg i fikk en fulltreffer, og han ble truffet i hodet av flere metallsplinter. Mot alle formodninger overlevde han, men fikk varig men for resten av livet.

Tyskerne sendte ham, etter et opphold på sykehus i Ålesund, til et fengselsopphold på Vollan i Trondheim. Deretter gikk turen til Møllergata 19, også et tysk fengsel, hvoretter han takket være sin diplomatiske status ble utvekslet til Sverige.

Etter tre operasjoner av den kjente hjerne kirurgen Olivecrona, ble han i lengre tid rekonvalesent på Saltsjøbaden, hvoretter han senere fikk status som Britisk visekonsul i Stockholm.

Min senere stefar Max Manus og mor hadde truffet hverandre mange ganger i Stockholm mens mor arbeidet ved den Britiske Legasjon, og de hadde allerede bestemt seg for å slå seg sammen dersom de overlevde krigen.

Ingen grunn til å dvele mer over dette, er et forhold over, så er det over - livet går videre.

Det som følger er sakset direkte fra min mors biografi, Tikken Manus – sabotørenes hemmelige medspiller, satt i pennen av Kaja Frøysa i 2008.

Jeg har innhentet tillatelse hos NRK Atrium AS til å gjengi nedenstående utdrag fra boken.

"Tikken hadde ingen betenkeligheter når det gjaldt planen hun gikk svanger med.

Ved å reise til Norge for godt sammen med lille George, ville hun hindre faren i å ha kontakt med sønnen.

Tikken brente alle papirene, kvittet seg med giftpillene det nå ikke lenger var behov for, og stengte kontoret i Stockholm.

Fredag den uken ringer Tikken til sommerleiren og gir bestyrerinnen beskjed om at de må gjøre gutten hennes klar til å reise neste morgen. Bestyrerinnen vet ikke annet enn at moren vil hente barnet litt før tiden, så det stilles ingen spørsmål.

Det var en uutholdelig spenning denne lørdag morgenen, om jeg skulle klare å slippe hjemmefra uten å bli oppdaget.

George Bernardes hadde diplomatstatus og Tikken fryktet at han kunne ringe grensepolitiet som så kunne nekte henne å ta med seg gutten ut av landet.

Om morgenen går George på jobb på konsulatet og Tikken er alene et par timer.

Hun rasker sammen noen klær i en koffert.

Andreas Aubert var en av vennene våre i Kompani Linge. Han skulle hjelpe meg over til Norge.

Andreas kom og hentet meg med bil den formiddagen. Vi kjørte til sommerleiren der lille George stod reiseklar. I løpet av en halv time var vi ute på veien igjen.

Turen går mot den norske grensen. Andreas Aubert kjører så fort det er mulig på de svingete veiene og i baksetet tørker Tikken opp det hun kan når sønnen kaster opp. Det er ikke tid til å stoppe.

Jeg var overbevist om at hvis vi ble stanset, måtte jeg levere lille George fra meg.

I så tilfelle hadde jeg reist etter ham, noe annet hadde jeg ikke orket. Bare vi kom oss over på den andre siden, ville jeg få all mulig juridisk hjelp av min far og min bror.

I ettertid har George Bernardes stilt seg avvisende til at han forsøkte å hindre Tikken i å reise hjem, men for Tikken var redselen der og da høyst reell.

Lille George skjønte ikke hvorfor mamma og sjåføren var så nervøse. Frykten smittet over på ham. Selv om flukten skjedde for over seksti år siden, har han sterke minner fra denne".

Jeg trodde jeg skulle dø på den turen, ikke på grunn av krigen eller at min far skulle stoppe oss, men på grunn av min elendige tilstand. Jeg forstod nok ikke helt alvoret i situasjonen, men mor og Andreas Aubert var veldig nervøse. Så vidt jeg kan huske hadde de pistoler.

"Aubert valgte å passere grensen ved Ørje, og det var nok lurt.

De ble ikke stoppet verken av grensepolitiet eller tollbetjenter på grensen.

Det gikk bedre enn vi hadde håpet på. Jeg glemmer aldri den stunden da vi var kommet over på norsk side. Vi satte oss ned ved et vann. Det var så vidunderlig den dagen den 12. juni 1945.

Jeg fortalte George at vi snart skulle treffe tante Kari og morfar igjen. Andreas og jeg tok oss en drink før vi kjørte videre til Grand Hotel, der Max tok imot oss.

Det var utrolig deilig å se ham igjen, og å være på norsk jord sammen med ham. Nå kunne vi puste ut".

I ego foredraget jeg holdt i min Rotary Klubb i 1987, rundt tjue år før min mors memoarer ble skrevet, var jeg innom denne episoden i mitt liv. (Ego-foredraget er i sin helhet gjengitt i Refleksjoner II).

Jeg tar ordrett med det innslaget som direkte har med "Kidnappingen" å gjøre:

"Den sommeren i 1945, ble kanskje starten for meg på den del av mitt liv som for alvor har hatt med utviklingen gjennom miljø å gjøre.

Midt på dagen, deilig sol husker jeg.

Stedet er en sommerleir langt ute på landet i Sverige.

En bil ankommer med min mor og en for meg ukjent mann.

Mine saker ble pakket og av sted bar det.

Bilsyk ble jeg den gang og har alltid vært det siden, når jeg ikke selv kjører.

Det var visstnok veldig spennende ved grensen til Norge; hadde min far, som riktignok var rekonvalesent men stadig hadde sin status som Britisk visekonsul i Stockholm, fått vite at det var snakk om kidnapping? Hadde han kunnet lage en stopper for oss ved grenseovergangen? Nei da, slett ikke, det gikk helt glimrende og kidnappingsofferet forstod ingen ting

Det har imidlertid senere i tiden gått opp for meg at min mors kvinnelige instinkter må ha vært ganske naturlige.

Jeg måtte være en del av pakken.

Etter et opphold på vel et år hos tante Kari i Ulvik i Hardanger, hvor jeg som seksåring tok førsteklasse på folkeskolen, havnet jeg på Landøya i Asker, et sted Max hadde kjøpt umiddelbart etter frigjøringen.

Der bodde jeg til jeg giftet meg.

Max ble til onkel Max og et mer velordnet liv tok form, kanskje ikke bare fra min side.

Jeg begynte som sjuåring i annen klasse på Holmen skole".

Kjærlighet

2014

Denne overskriften har stått tom lenge, veldig lenge. Ikke fordi jeg ikke kunne gi meg i kast med den, men, og det er antagelig min forklaring i et nøtteskall, kjærlighet er kanskje verdens mest betydningsfulle ord, et ord man bør ha den største respekt for. Man kan ikke bare ganske enkelt gi seg i kast med en refleksjon om kjærlighet sånn uten videre.

I nesten all litteratur dreier det seg om, i hvert fall tidvis, kjærlighet. Normalt ikke bare den enkle følelsesmessige tiltrekning mellom individer, men ofte lett krydret med det sensuelle. Det til tider litt dyriske, kan skape spenning som gjør leseren fokusert.

Jeg legger først bak meg den delen som selvfølgelig er viktig, men som langt fra er alt som har å gjøre med kjærlighet.

Glemmer ikke min egen første kontakt med den litterære innsikt i emnet.

I bokhyllen på endeveggen av stuen i "gamlehuset" på Landøya, der jeg vokste opp, knapt en meter bak klaviaturet på flygelet, stod boken: "Lady Chatterleys elsker".

Ordet kjærlighet hadde jeg den gang, boken ble utgitt på norsk i 1952 så jeg må ha vært tretten, selvfølgelig ikke noe forhold til. Selv om jeg ikke kan erindre det må jeg vel i en eller annen form ha hatt en forståelse av ordet, men jeg kan ikke huske å ha vokst opp med noen spesiell varme av å ha blitt kjærlighetsmessig bortskjemt. Heller ikke på noen måte det motsatte, men har vel antagelig senere i livet, sett på meg selv i den sammenheng, som havnende mellom to stoler i en eller annen form.

Intet fundamentalt galt med en stefar som sådan, men kanskje det ikke helt var plass nok til alle tre den gang i starten etter krigen.

Vel, boken ble i hvert fall min, antagelig sammen med millioner andre, første litterære kontakt med det seksuelle og vi lar det bli med det.

Den seksuelle delen av kjærligheten lærte jeg tidlig å forstå, mens den delen som representerte kombinasjonen og de dypere følelsene nok tok lengre tid.

Det må ha vært et eksemplar av første opptrykk av boken på norsk de hadde i bokhyllen. Så vidt jeg husker var den også illustrert med tegninger, dog uten noen spesielt erotiske tilsnitt, så vidt jeg erindrer.

Når den til tider forsiktig ble lirket ut av bokhyllen for et nærmere bekjentskap, ble den alltid satt tilbake med største forsiktighet så det ikke skulle oppdages at den hadde vært "på utlån".

Omtrent på samme tid mener jeg også at det var stor spenning rundt det pornografiske bladet "Coctail", når man en sjelden gang kom over en utgave.

Klart det kunne være fristende å fortsette langs dette sporet, men hvor skulle jeg så sette grensen. Det kunne jo godt hende at jeg i så tilfelle fikk blod på tann, noe som utvilsomt ville føre meg på et villspor i denne sammenheng, da kjærlighet utvilsomt er mye mer omfattende enn det erotiske.

Som nevnt ovenfor tok det nok lenger tid å få en forståelse for kombinasjonen av de dypere følelsene relatert til kjærlighet, og egentlig er det vel ingen grunn til at jeg skulle vite noe som andre ikke vet om dette ordet, som etter min mening må være et av de viktigste ord i vårt vokabular.

Det er feiende flott å slå opp på definisjonene, og dem er det mange av når det gjelder kjærlighet. Alle vil kunne kjenne seg igjen i en, flere, eller hele oppramsingen av dem. Kjærlighet til hvem, til hva og i hvilken form er beskrevet i detalj, noe som slett ikke er merkelig når man tenker på kjærlighetens betydning. I neste all litteratur hører kjærligheten hjemme, og der den er fattes den med ekstra interesse.

Uten å kunne sette fingeren på det, vil jeg tro at det er like viktig å kunne gi som å kunne motta kjærlighet, og at det her som i mange andre forhold dreier seg om en balansegang, er jeg ikke i tvil om.

Her er jeg antagelig på tynn is. Det å motta og det å gi i denne sammenheng, altså når det gjelder kjærlighet, blir vel ikke så ekte og riktig hvis det blir snakk om en bevisst styring, altså hvis det skjer ved bestemmelse og ikke av følelse? Ikke noe rart at dette emnet er komplekst.

Kjærlighet mellom to mennesker er etter min mening uforbeholdent avhengig av ærlighet, toleranse og respekt for hverandre, hvis forholdet skal fungere. Dette har jeg lenge vært overbevist om, og gjengir derfor i omvendt rekkefølge et utdrag av en tale jeg holdt for min nevø Thomas og hans Trine på deres bryllupsdag 6 august 2005.

Respekt for hverandre:

Et velkjent og betydningsfullt uttrykk som favner vidt og som er en utrolig viktig ingrediens i samlivets mange utfordringer. Det fine er at man ikke trenger noen erfaring for å ha respekt for hverandre. Her trengs det bare bevissthet. Minn dere selv, ved jevne mellomrom, om hva respekt for hverandre egentlig innebærer i sin videste forstand og la handling følge.

Toleranse:

Dette ordet står for tålsomhet, fordragelighet overfor andre oppfatninger.

Der hvor det er høyde under taket blir det straks større volum og mer spillerom.

Motsetninger tiltrekker hverandre sies det. Sikkert mye riktig i det, men ikke uten toleranse.

Ærlighet:

Ærlighet er heller ikke å forakte. Mistenksomhet og sjalusi er gift og kan være en snikende fare på livets vei. Setter man imidlertid ærlighet på dagsordenen og trekker inn en god dose toleranse og respekt for hverandre, kan mange av livets skarpe hjørner rundes.

Kjærlighet er, sist men ikke minst, viktig:

Det er lov å si at jeg elsker deg. Det er heller ikke forbudt å si det mange ganger hver dag.

Kan det være nødvendig da tenker kanskje noen, vi er jo gift, så det skulle si seg selv. Det er bare det at det sier ikke seg selv. Vi trenger alle den oppmuntringen som ligger i disse tre ordene og det gjør alltid godt å høre dem, gjerne mange ganger hver dag".

For meg er det å ta på kjærligheten viktig. Holde en hånd, ta på, føle kontakt.

Jeg har mange ganger sagt at jeg skulle vært snekker. Jeg elsker å arbeide med tre, ja, gjerne det å være med fra begynnelsen, det å felle treet.

Det vil alltid skje med den dypeste respekt for ubetinget den viktigste vekst i naturen etter min mening, nemlig treet, hvis man da ser bort fra alle næringsrike vekster som er en betingelse for mennesker og dyrs eksistens.

Hadde det ikke vært for treet, hadde det blitt så som så med det meste i samfunnet.

Det viktigste grunnelementet i tidligere byggekunst må vel, ved siden av sten, være trevirke. Hvordan ville våre forfedre kunnet skape det viktigste kommunikasjonsmiddelet, nemlig båten, hvis treet ikke hadde eksistert? Utviklingen ville tatt uendelig mye lenger tid, noe som definitivt ville gjort at verden i dag ville sett helt annerledes ut.

Ingen tvil om at Thor Heyerdahl med både balsaflåten Kon-Tiki og siv-båten Ra, beviste at kommunikasjonen kan ha skjedd på den måten, altså ved hjelp av balsaflåte og siv-båt, men det store spørsmål er om det ikke var andre smarte sjeler som meget tidlig forstod treets betydning i denne sammenheng?

Som man forstår kommer kjærligheten i et utall former, nødvendigvis ikke bare mellom mennesker.

Vi lar det henge i luften.

Kanskje det beste med kjærligheten mellom mennesker er uttrykket om at: "den faller like lett på en lort som på en lilje".

Kjærlighet er livets beste føde

Konsentrasjon og fokusering

Mars 2013

”Konsentrasjon er en egenskap jeg defini-tivt har for lite av”. Hvordan er noen i stand til å hevde dette? Hvordan kan noe med sikkerhet hevde at man besitter en evne til god konsentrasjon, eller for den saks skyld hevde som meg, at denne egen-skap har jeg for lite av? Hvordan måles det-te? Konsentrasjon betyr å være så opptatt av noe, at andre faktorer blir tilsidesatt eller simpelthen forsvinner.

Nå må jeg konsentrere meg for å komme videre med denne betraktningen. Jeg må med andre ord konsentrere meg om oppgaven og fokusere på den; bli så opptatt av den at andre faktorer blir borte. Hvordan gjør jeg det? Er det som å stirre ned i en trakt hvor man i bunnen plutselig ser det hele klart for seg, eureka?

Er det sammenheng mellom det å konsentrere og det å fokusere?

Her blir det mange spørsmål men langt mellom svarene.

Når det er noe man ikke får til der og da, er det lett å sette skylden på manglende konsentrasjon og fokusering.

I sportsverdenen er begrepene konsentrasjon og fokusering vel kjent.

Ingen vinner hvis konsentrasjonen uteblir og man mister evnen til å foku-sere på oppgaven.

Spesielt fremtredende blir dette i de sportsgrener som trekker ut i tid, men hvor man hele tiden utfører individuelle prestasjons-ytelser.

Golfen er som i mange andre sammenheng nærliggende å benytte som eksempel.

Over rundt fire timer, som en golfrunde helst bør ta, skal man utføre så få slag som mulig for å få ballen i hullet, alle forskjellige, med opp til 14 variable køller. Ned mot 60 slag er prisgitt kun de beste i verden, mens rundt 100 + er langt det vanligste.

Hvert slag krever full konsentrasjon og fokusering og den minste forstyr-relse, enten fra spillerens egen side i form av uønskede tanker eller bevegelser, eller andre omliggende påvirkninger, kan lett føre til dramatiske feil.

Uansett sportsgren, det blir ofte evnen til konsentrasjon og fokusering som gjør vinneren.

Jeg har et typisk eksempel på min egen manglende evne, i sportssammenheng, til å utelukke utenforstående forstyrrelser.

Før golfen var jeg i mange år aktiv i leirdueskyting, nærmere bestemt den gren som kalles skeet.

Glemmer aldri episoden hvor jeg under et norgesmesterskap hadde kjempet meg frem til 99 treff av 100 oppnåelige, og står klar til skudd nummer 100.

Det manglet ikke på tilskuere, men ikke en lyd kunne høres.

Et treff ville føre til ny norgesrekord over 100 skudd, så med nervene på høykant gjør jeg meg klar til det siste skuddet.

Samtidig med at jeg roper på leirduen, denne skytes ut fra tårnet ved akustisk signal, hører jeg en stemme klart og tydelig: "Nå blir han norgesmester".

Skuddet gikk av i samme øyeblikk jeg så skyggen av leirduen, som av en maskin skytes ut fra et tårn.

Det var det. Det utrolige var at vedkommende som kom med uttalelsen var den regjerende mester.

Tangering av den gjeldende rekord ble resultatet, og selvfølgelig en stor skuffelse.

Meget sannsynlig at jeg ville ha bommet uansett, men igjen, det er nettopp i øyeblikk som dette at evnen til konsentrasjon og fokusering er avgjørende.

Rent bortsett gull og sølv og bronse fra norgesmesterskap i lagskyting, ble det for min del aldri topplassering i individuelle norgesmesterskap. Helt til de siste 25 skuddene skulle avfyres, lå jeg flere ganger godt an til topplassering.

Beste resultat ble bronse i august 1984.

Evnene var nok der, men min manglende konsentrasjon, fokusering og kontroll over konkurransenervene får ta skylden.

Treningsrundene var til tider helt opp mot det beste internasjonalt på den tiden, med personlig rekord på 197 av 200.

Til orientering gikk normalt skeet konkurranser over to dager den gang i 70 -80 årene, hvor det ble skutt 100 skudd hver dag, så det var nok av venting og distraksjoner.

Jeg har det langt lettere med konsentrasjonen når det gjelder å finne løsninger på forskjellige tekniske utfordringer. Da faller det lett å fortrenge andre forstyrrende faktorer. Men så er man da i seg selv, ikke eksponert som under utøvelser av konkurransesport.

Det hevdes at man kan trene opp konsentrasjonsevnen. Dette er jeg ikke i tvil om, men om det er like lett å få kontroll over konkurransenervene, hvis man ikke har medfødte evner til det, stiller jeg et spørsmål ved.

At noen har bedre kontroll over nervene enn andre synes for meg helt klart og at noen har langt bedre evner enn andre til konsentrasjon og fokusering er jeg heller ikke i tvil om.

Tvekampen - Jan Arnt 2010

Krav og kompensasjon
2017

I dag er en av de dagene hvor ett eller annet skal gå ut over en eller annen, gjerne flere. De fleste har nok slike dager en gang i mellom, så jeg er ikke alene om dette; men hvorfor så denne overskriften?

Nå har det seg slik at jeg generelt ikke har for mye til overs for bank og forsikringsselskaper, noe som går helt tilbake til den gang jeg kjøpte meg inn som 50% partner med min stefar Max, i hans firma Max Manus Kontormaskiner.

Dette skjedde i 1967 etter at firmaets vesentligste agenturer på kontormaskiner og kommunikasjonssystemer, av ikke selvforskyldte årsaker falt fra.

Ikke at det har spesiell interesse for denne refleksjonen, men årsaken var at for eksempel kontormaskingiganten Olivetti, som vi representerte som generalagent i Norge, la om sin markeds-policy og selv ville ta hånd om distribusjonen på verdensbasis fra egne selskaper, mens en annen svensk leverandør ble kjøpt opp av et større konsern. Begge disse forhold fikk store konsekvenser for den videre drift av firmaet, men det er også en annen sak.

Min inntreden som partner i firmaet innebar selvfølgelig også kontakt med finansverdenen og forpliktelser i den sammenheng.

Jeg skynder meg å gjøre det klart at min største interesse aldri har vært den økonomiske del av forretningsdriften, selv om jeg selvfølgelig er av den oppfatning at forrentning først og fremst dreier seg om avkastning på investeringer, altså om det å tjene penger.

Ingen spesielle detaljer eller episoder har ført til min ovennevnte holdning til bank og forsikringsvirksomhet, de bare er der som et resultat av erfaring over lengre tid og er naturligvis ikke blitt bedret etter de senere års generelle utvikling i finansverdenen.

Selv har jeg for lengst gått av med pensjon, mens min datter og svigersønn har overtatt stafettpinnen.

De både eier og driver forretningen. Spesielt er det skremmende å se hvordan deler av bank-uvesenet i Spania ser ut til å være gjennomsyret av korrupsjon. Nå har dette landet tradisjonelt store problemer med korrupsjon, men uten at det på noen måte skal være en unnskyldning, så er det tross alt ikke så lenge side en viss Franco hadde en styrende hånd over samfunnet.

Jeg skal ikke gi meg i kast med å komme med meninger i den sammenheng, men dette førte som alle forstår til at, når man sammenligner Spania med andre land i Europa som har hatt svært mange år på seg til å danne en kultur som de fleste av oss mener er riktig, så ligge Spania langt etter. Det er som vi vet mye riktig i at: ting tar tid.

Uten at jeg prøver å sette meg inn i detaljene rundt dette, følger jeg, til tross for min dårlige spansk, daglig med på nyhetene. Innrømmer at det blir så som så med forståelsen, men hovedtrekkene får man jo med seg. Ikke en dag uten nye avsløringer av en eller annen karakter.

Den siste og kanskje den mest skremmende på lang tid, er den som nå har versert rundt Banco Madrid.

I Andorra, det lilleputtsamfunnet som vi vel alle har forbundet med et skatteparadis, har Banco Andorra stoppet alle utbetalinger. Dette til fortvilelse for alle dem som trodde at banken var en trygg forvalter av deres oppsparinger.

En mann stod frem på TV og forklarte at hans 850.000 Euro ser ut til å forsvinne.

Dette er selvfølgelig bare bagateller i den store sammenheng, når man ser de titalls, hvis ikke hundretalls av millioner som visse Spanske politikere skal ha manipulert ut av landet og plassert der.

Land etter land i Syd Amerika har også vært involvert i såkalt hvitvasking gjennom den samme bank. Konkurser vinker i det fjerne, med de følger dette selvfølgelig får.

Nå fungerer ikke rettsvesenet i Spania særlig godt, så de impliserte må nok belage seg på årelange rettsaker før dommene faller. "Der hvor intet er å hente har selv keiseren tapt sin rett".

Ikke særlig merkelig at den jevne borger mister tilliten til de styrende krefter, som ikke ser ut til å kunne stoppe utviklingen.

I Spania er loven grei nok, bankinnskudd på opp til hundre tusen Euro garanteres av den Spanske stat, men hvordan det forholder seg i Andorra vet jeg ikke.

Daglig blir man på skjermen, spesielt på engelske kanaler, minnet om at hvis man har hatt bankinnskudd der, i England, ja så er man så godt som garantert å kunne få opp til sju tusen Euro i kompensasjon.

Det dreier seg om såkalt ""miss-sold payment protection insurance, eller PPI".

I den sammenheng dreier det seg visstnok om summer på billioner av pund som bankene har satt av til kompensasjon for urettmessig å ha solgt disse forsikringene til kunder.

Spesielle gribber, som i denne sammenheng skal forstås som dedikerte advokatfirmaer, boltrer seg i dette og garanterer kunder godtgjørelse uten at det koster dem noe som helst.

Er det ikke utrolig hva noen "samaritanere" i samfunnet gjør uten å ta seg betalt?

Det er selvfølgelig riktig at det ikke koster kunden noe som helst, direkte sett, men hvem er det som betaler for dyrebar TV annonsering og som dekker honorarene, og hvor kommer pengene fra?

I prinsippet har jeg ingen ting imot det såkalte "No cure no pay" prinsippet, hvis bare avtalen avspeiler hele forløpet. Gjør den det mener jeg bestemt at prinsippet kan ha mange gode sider.

Ellers er det ganske fantastisk å høre om banker som det ene året går med milliarder i underskudd, for i det neste å gå med tilsvarende overskudd. Har man noen gang hørt om tilsvarende i forretningslivet? Er det noen som stiller spørsmål om hvordan det er mulig, og hvilke forretningsmessige tiltak som man setter inn for å oppnå slike omveltninger?

Det er antagelig best at man ikke forstår noe av det hele, da det lett kunne føre til forhøyet blodtrykk.

Livet

2016

Livet - hvem kan beskrive livet?

Er livet kreert av Vår Herre, og kan han slå terningkast for oss alle når det gjelder hvordan livet kommer til å utvikle seg for hver av oss.

Det kan ofte virke sånn når man ser hvor tilfeldig livet ser ut til å fare frem med enhver. Han må vel i så tilfelle ha mange terninger og en stor stab hjelpere, hvis hele verdens befolkning skal favnes.

Er det han som også gir oss retningslinjer for hvordan vi skal leve våre liv?

Når man ser på all elendighet og krangel i verden, kan det kanskje være litt vanskelig å tro at så er tilfelle.

Livet har forskjellig verdi i de forskjellige kulturer og i noen samfunn er det tilsynelatende slik at livet ikke har noen verdi i det hele tatt.

Vi aner heldigvis lite annet om livet enn at det starter og at det på et uforutsigbart tidspunkt slutter.

Det eneste vi ellers vet om våre liv er at de leves av oss alle i en eller annen form, så lenge vi lever. Antagelig like forskjellig som det er antall mennesker på jorden, eller for den saks skyld ulike fingeravtrykk.

Noen har store ambisjoner i livet, mens andre ikke er seg den egenskapen bevisst.

Vi er alle forskjellige, kommer fra forskjellige miljø og tilhører forskjellige religioner.

Vi lever under forskjellige himmelstrøk, tilhører forskjellige samfunnsformer og utfører forskjellige oppgaver i det samfunn vi tilhører.

Noen mennesker mener de er berettiget til en større del av samfunnsgodene enn andre, og at de fortjener det, mens andre innfinner seg med situasjonen som den er og er tilfreds med det.

Noen må vise styrke for å tilfredsstille selvoppholdelsesdriften, mens andre fredelig avfinner seg med de regler som er strukket opp for det som regnes som riktig og galt.

Andre igjen opptrer som om det er de som står for regelverket.

Vi vil alle gjerne leve, i hvert fall de aller fleste av oss.

Men, når livet er på vei til å ebbe ut, uansett av hvilken grunn, og hvis man fremdeles er seg selv bevisst, er det da ikke noe man savner? Spesielt når man er ung kanskje?

Man har kanskje enda ikke fått det store overblikket.

Er det slik at man noen gang får det store overblikket, og hva består i så tilfelle det store overblikket av?

Jeg velger å tro at selv om man føler og mener at man har funnet svar på hva det store overblikket består av, så vil det alltid være noe man savner, noe man føler ugjort?

Dette temaet er utvilsomt så personlig og meningene så forskjellige at det ikke fører noe sted hen å dvele ved det.

Dessuten er jeg av den oppfatning at man ikke bør tenke for mye på det heller, tiden kommer tidsnok når man får for mange av disse tankene i hodet.

Når det skjer er det antagelig godt, i hvert fall for noen, å kunne tenke tilbake på det livet man har fått leve og på hva man har benyttet det til. For det er jo det som er selve livet.

Får man for øvrig på noe tidspunkt det store overblikket, og vet man for eksempel hva man savner?

"Hva er livet, et pust i sivet.......", av Adam Oehlenschlæger, er vel en vi alle har hørt i forbindelse med livet.

Ellers synes jeg Søren Kirkegaard har en herlig beskrivelse av livet:

"Den dagen du kom til verden gråt du mens dine nærmeste var glade.

Lev livet slik at den dagen du dør, da gråter dine nærmeste mens du er glad."

Tenk så enkelt det ville være hvis vi bare sluttet og engste oss.

Samuel Johnson mener med rette at:

"Det er nytteløst å engste seg over livet, man slipper likevel ikke levende fra det"

Jeg vet ikke hvem som var først ute med denne, men for meg har det gjennom tidene vært en god leveregel at:

"Det finnes ikke problemer i livet, bare utfordringer."

"Lev hver dag som om du skulle dø i morgen" er det noen som sier.

Det uttrykket er etter min mening noe drastisk. Skulle man etterleve den regelen til punkt og prikke, tror jeg at man selv ville gjøre seg skyldig i et kort opphold på moder jord.

Hvis det er slik at de fleste av oss er enige om at livet er en balansegang, noe jeg selv i hvert fall mener, så kan kanskje min egen formulering på en forståelig måte illustrerer dette:

"Livet er som en kontinuerlig surf. Du må holde balansen helt til du når land. Først da er det over."

Etter å ha satt det ovenstående på papiret slår det meg at jeg egentlig hittil bare har nevnt livet i sammenheng med oss mennesker – utrolig egoistisk.

Våre liv ville naturligvis ikke eksistert hvis det bare var oss mennesker som var levende vesener..

Vi er jo bare en form for liv blant millioner.

Jeg tenker ikke da på de liv som kan sammenlignes med det menneskelige liv, men alle de former for liv som skal til for at vi mennesker skal kunne opprettholde livet.

Det blir antagelig for overveldende å ta dette innover seg.

Det er bare å godta at vi i en eller annen form blir skapt, at vi er en liten del av en helhet og at alt liv er avhengig av hverandre.

Jeg synes for øvrig at den nedenstående "slogan", som benyttes i en spesiell TV kanal for tiden, er en fin tankevekker i denne sammenheng:

"Menneskene er avhengig av naturen for å overleve, men naturen er ikke avhengig av menneskene" og, den som fra naturens side går sånn: "Hvis du ikke tar vare på meg, kan ikke jeg ta vare på deg".

Det vi mennesker dessverre gjør i alt for stor grad, er å utsette naturen for store belastninger.

Riktignok tar vi oss til tider sammen og rydder opp i elendigheten når vi innser at vi har latt utviklingen gå for langt, men det er ikke nok.

Det er kanskje på tide at vi utvider våre tanker om livet fra det egoistiske "oss selv" til seriøst å tenke gjennom hvordan vi, som tross alt er utstyrt med evner til handling, kan sørge for å holde en kontinuerlig balanse i naturen.

Selvfølgelig skal det her tilføyes at det stadig er store grupper av oss som vier seg til oppgaver med å bedre vår relasjon til naturen og godt er det, bare innsatsen ikke blir fanatisk.

Vi må aldri glemme at blir det krig mellom naturen og oss, er det ingen tvil om hvem som kommer til å trekke det korteste strået, så utfordringer er det nok av.

I mitt 78nde år har jeg kommet frem til det syn på livet, at vår syklus som individer på jorden, helt praktfullt er tilpasset vår utvikling.

Gjennom hele vårt liv gjennomgår vi en kontinuerlig utvikling.

Lever vi lenge nok opplever vi blant annet nye krefter som starter der vi en gang startet, og vi vet at de som kommer etter oss kal gjennomgå den samme utvikling som oss.

Jeg tror ikke så mye på de som mener at vi kan lære av det andre har tilegnet seg av erfaringer

I livet må vi selv tilegne oss erfaring den tunge veien, ikke ved å ta lærdom av andres.

Lys og skygge
April 2014

Der det er lys er det som en konsekvens også skygge. Lyset kan ha forskjellig styrke, på samme måte som skyggen kan spenne fra hvitt til kullsvart, gjennom hele grå-spekteret. Motsetninger som lys og skygge er med andre ord ikke på noen måte å sammenligne med sort – hvitt. Uttrykket "Som natt og dag", benyttes i mange sammenhenger.

De som benytter dette uttrykket gjør det for å stadfeste, uten den minste form for tvil, at saken er klar, med andre ord, enten sort eller hvitt. Her er det ikke snakk om gråsoner av noen art. Selvfølgelig er dette sett fra ståstedet til den som benytter betegnelsen.

De som lever materialistisk godt omtales ofte som de som lever på livets solside, mens de mindre privilegerte ofte omtales som de som lever på livets skyggeside.

Nettopp på grunn av lysstyrken og grå-spekteret, favner uttrykket etter min mening bra i en sånn sammenheng, da det her ikke er snakk om en sort eller hvit side.

Alt lys trenger en bryter for å aktiveres, og en såkalt "dimmer" når det ønskes at lysstyrken skal varieres.

"Dimmeren" er så avgjort viktig når man betrakter livets sol og skyggesider.

Er rampelyset også en form for lys som må kunne varieres i styrke?

Hvis det er slik at rampelyset kan defineres med varierende lysstyrke, er jeg vel av den oppfatning at man her ikke trenger en bryter.

Dette må vel også være et typisk eksempel på hvor nettopp en "dimmer" er på sin plass?

Selv har jeg aldri tenkt på om jeg har levd i skyggen av andre, men kan godt forestille meg at det kan være vanskelig for dem som mener de har gjort det.

I denne sammenheng mener jeg at grå-spekteret er avgjørende for hvordan dette eventuelt føles.

Av den grunn er det heller ikke her snakk om en bryter som skal aktiveres, men klart en "dimmer" som kan få frem alle gråsonene i skyggen.

Alt lys vi opplever på jorden, er skapt av solen. Det liv som strekker seg mot solen får energi tilbake.

Solen må også en gang ha blitt aktivert, og hvem var det som slo på den bryteren?

Nei, langs det sporet kommer man antagelig ikke videre.

Her trengs heller ingen bryter. Naturen i seg selv tar hånd om den utfordringen.

Den dag solen slutter sin "opplysning" forsvinner antagelig alt liv vi kjenner til, også våre egne. Litt dystert kanskje, men nå sier ekspertene at det dreier seg om noen hundre millioner år til det skjer, så kanskje vi ikke behøver å tenke så mye på det.

Når vi snakker om dag og natt som betegnelse på sort eller hvitt, må det tas med en klype salt. Det er jo rett som det er at månen trer frem i den ellers så kullsvarte natten, og hva med stjernene?

Som jeg har forstått det er det allikevel slik at det er solen som står bak, Ja nettopp bak. Den har gjemt seg bak den sektor av jorden hvor vi befinner oss som observatører.

Både månen og stjernene reflekterer sollyset. Vi ser med andre ord lyskilden, solen, kun som en refleks fra månen og stjernene

Nå er det vel egentlig ikke solen som har gjemt seg, det er vel heller vår lille klode som seiler i bane rundt solen og som i den forbindelse roterer rundt sin egen aksel.

Dette må vel ha vært en ganske forståelig fremstilling av lys og skygge?

"Vend ansiktet mot solen, så vil alltid skyggene falle bak deg".

Rundtosset II - Jan Arnt 2010

Markisene
Juni 2017

Jeg ser ingen grunn til å holde mine lykketall hemmelig. Det står alle fritt å benytte dem i enhver situasjon hvor de måtte ønske det.

De er 14 og 17. Helt fra jeg ble bevisst om det med lykketall valgte jeg disse to, men hadde i tillegg 7 og 21. Etter hvert ble det vel for mye å holde styr på, så nå holder det med de to midterste.

Har de så vært mine lykketall? Uten å kunne vise til statistikk mener jeg det, så selv om jeg så godt som aldri kar kjøpt lodd eller gamblet holder jeg stadig på 14 og 17 som mine lykketall.

Min kone har ingen slike, sier hun, fordi hun allerede veldig tidlig i livet kunne konstatere at hun ikke var en vinner i lotteri. Ja -ja, henne om det.

Hva i all verden har så mine lykketall med markiser å gjøre?

Her kommer historien:

Der vi bor i Valle del Este i Syd Spania oppdaget vi tidlig at solen, som vi har mer av her enn de aller fleste steder i Spania, allerede ved lunch-tider dekker hele terrassen og jo lenger ut på ettermiddagen, jo mer direkte får vi den inn i stuen.

Allerede umiddelbart etter at vi flyttet inn, fikk vi satt opp det vi kaller "sommerstuen", som dekker en tredjedel av terrassen. Den går parallelt med stuen, slik at det foran disse nå er en terrasse på 4 x 15 meter.

"Sommerstuen" består av aluminiums-profiler med skyvedører i front og delvis glassvegger bak og på den ene siden, samt et gjennomsiktig plast-tak.

Det viste seg snart at varmen ble uutholdelig hvis ikke vindu og skyvedører stod på vidt gap, så vi installerte en markise under plast-taket, som kunne trekkes frem etter ønske.

Denne ble til glede som skyggeskaper, men hjalp ikke på noen måte når det gjaldt varmen.

Den utfordringen har vi enda ikke gjort noe med, men innser at det er plast-taket som må skiftes.

Terrassen foran den opprinnelige stuen var fra starten utstyrt med dekora-tive sement-bjelker.

For å kunne la hagemøblene bli stående når det en sjelden gang kommer en regnskur, fikk vi installert et gjennomsiktig tak av samme typen som den som dekker "sommerstuen"

Det heter at man lever seg til og at man først må erfare før man tar stilling til hva som må gjøres for å lage tilværelsen enklest mulig og mest behagelig for seg og sine.

Det startet med at vi anskaffet to sol-parasoller med sementerte flyttbare fun-dament.

For å unngå direkte sol når vi satt på terrassen, ble disse flyttet rundt i takt med solens ufravikelige vandring over himmelen, samtidig med at hensyn ble tatt så de forskjellige vindretninger ikke blåste dem over ende.

En annen sak var at de var tunge å flytte på og at de var plassert under de dekorative sementbjelkene.

Det gikk bare en sommersesong etter at plasttaket kom på plass, før vi un-der sementbjelkene fikk installert en uttrekkbar markise like stor som taket.

Med denne uttrukket hadde vi skygge over halve terrassen til langt ut på ettermiddagen.

Som med markiser flest i vår del av verden er de utstyret med en dekorativ bølgelignende front.

Markisen gav oss som nevnt fin beskyttelse mot solen hele formiddagen, men etter det, fra tre firte tiden og frem til solnedgang, hadde vi til gjengjeld solen rett inn på sittegruppen.

Ellers gav markisen en god intim følelse.

Ettersom våre dags-aktiviteter normalt forhindret oss i å benytte terrassen om formiddagen, ble den for det meste brukt sener på dagen.

Med andre ord, markisen skapte fin intimitet men som solskjermingen hadde vi ingen glede av den utover ettermiddagen og fram til solnedgang.

En dag satt jeg på terrassen og filosoferte på hva det neste tiltaket skulle bli for å skjerme ettermiddagssolen.

Jeg hadde den dekorative fronten av markisen rett i synsranden.

Uvisst av hvilken grunn kom jeg til å telle antall "bølger".

Uansett om jeg talte fra venstre til høyre eller omvendt, endte jeg på fjorten.

Tilfreds tenkte jeg på mitt lykketall uten å legge mer vekt på det.

Jeg så klart for meg at en front-markise ville passe mellom de to brede sementsøylene på hver side i front av terrassen. Fra 0 til 90 grader utslått, ville den kunne skjerme for ettermiddagssolen i takt med dens vandring mot avsluttet dag.

Denne markisen ville bli vel en meter smalere enn tak-markisen, men totalt med sementsøylene ville den gjøre jobben perfekt.

Med disse tankene bestemte jeg meg for å kontakte markise-leverandøren.

Da jeg etter solnedgang skulle lukke vinduet og skyvedørene i "sommerstuen", kom jeg til å tenke på de fjorten "bølgene" på terrassens markise og tok en nærmere titt på denne.

Det merkelige er at jeg egentlig ikke ble forbauset da jeg etter å ha gjentatt tellingen kom til at denne hadde sytten "bølger".

Nå ja – ett av hver av lykketallene kan det vel ikke være noe galt med tenkte jeg uten å legge mer i det.

Det viste seg at markise-leverandøren hadde skiftet navn og eiere, men alt gikk greit med oppmåling, tilbud og bestilling.

To – tre uker senere ble markisen montert til vår fulle tilfredshet.

Vi hadde nå den perfekte løsning, hvor vi ettersom solen senket seg på himmelen, med et par tak med sveiven kunne tilpasse sol-inntaket etter ønske.

Til tross for at også denne markisen hadde den tradisjonelle dekor "bølgen", var det først på et langt senere tidspunkt jeg kom til å tenke på den.

Ganske riktig, jeg talte fjorten "bølger".

To lykketall fjorten, og ett sytten. Alle gode ting er tre, bedre kunne det ikke bli tenkte jeg.

Som man har forstått er ikke min kone særlig opptatt av slike ting, så jeg involverte henne ikke i disse sammentreffene.

Nå var det bare en tredjedel igjen av den opprinnelige terrassen som ikke hadde noen form for solskjerming. På denne del av terrassen står vårt spisebord, som godt kan tåle en liten skur bare vi tar inn seteputene på stolene.

Inne har vi et lite spisebord med plass til fire, og ettersom vi sjelden har gjester har det ikke tidligere vært noen prioritering å sol-skjerme denne del av terrassen.

Vi var blitt vant til intimiteten under markise-takene og valgte nå i vår å anskaffe enda en markise, slik at også denne siste del av terrassen kunne skjermes for solen.

Ettersom dette ikke er et sitte-sted, og middagene uansett ble inntatt etter solnedgang, var det ingen grunn til å skjerme ettermiddagssolen.

Vi så for oss lunchene inntatt under denne markisen, som skulle dekke hele denne del av terrassen.

Det ble ny kontakt til markise-leverandøren, som igjen leverte til avtalt pris og tid.

Riktignok traff han ikke helt når det gjaldt gråtonen, men man kan ikke forvente at alt skal gå etter planen.

Denne markisen trekker vi ut og inn alt etter vær og vind og den er definitivt med på å skape en helhet på terrassen.

Uten at det på noen måte er samme bredde på denne og noen av de andre markisene, behøver jeg vel ikke å nevne at denne også hadde dekor "bølger" i fronten – sytten i tallet.

To ganger fjorten og to ganger sytten dekor "bølger" på fire markiser, alle installert på forskjellig tid og av to forskjellig leverandør.

Nå gjelder det bare å følge med å se om dette gir uttelling på lykkestatistikken?

Med ryggen mot veggen.
1991-93

For meg er det beste med året 1990 at det er forbi. Jeg er overbevist om at alle mennesker en eller annen gang i livet gjennomgår erfaringer som de helst ville være foruten.

Svært mange av oss har helt sikkert vært gjennom store prøvelser, og reaksjonene har sikkert vært like mange og varierte som situasjonene. Uønskede problemer og tragedier kastes over en som lyn fra klar himmel når man minst venter dem, og man blir da fort tvunget til å forholde seg til realitetene.

Tidligere hørte jeg til tider det utsagn fra mennesker som hadde gjennomgått vanskelige utfordringer, at de var blitt styrket gjennom sine opplevelser.

Frasen har vi vel alle hørt, og jeg er sikkert ikke alene med reaksjonen: Det var da som pokker at man må ha det vanskelig for å få det godt.

Selv om jeg nok alltid har oppfattet poenget og har ment at jeg har forstått og til dels har kunnet identifisere meg med andres vanskelige situasjoner, ser jeg i dag at jeg ikke har hatt begrep om og ikke har hatt noen forutsetning til å forstå.

Det er min mening at det kun er gjennom egne erfaringer og gjennom egen måte og forholde seg til motgang på, at man blir i stand til å forstå og derved i stand til å ha en kvalifisert mening om saken.

Mine forretningsmessige vanskeligheter, som startet med en sterk nedgang i min bransje i begynnelsen av 1988, syntes etter hvert bare å bli verre. Utfordringene så til tider ut til å være uovervinnelige.

Det har vært vanskelig å se lyset i tunnelen, og tankene har spunnet i et sterkt preg av snever egoisme, stort sett bare rundt disse forretningsmessige utfordringene.

Nå har jeg alltid ment om meg selv at jeg er født med en natur som ikke ser for mange vanskeligheter og jeg velger som regel uttrykk som utfordringer istedenfor problemer.

Det har vært mye trøst i at man ikke har vært alene med å baske med utfordringer og det har vært lett å finne situasjoner som man har kunnet identifiser seg med og forstå.

At motgang til slutt ville gi meg styrke, har jeg ikke et øyeblikk i denne perioden vært i tvil om.

Bare den generelle økonomien tok seg opp, ville de som hadde klart å konsolidere seg, stå ekstra styrket i markedet.

Så kom tiden rett før jul i 89, med en melding som lyn fra klar himmel, om at min datter Nicoline på 26 var alvorlig syk.

Den følelsen av hjelpeløshet jeg fikk da, gjorde at alle forretningsmessige utfordringer bleknet. En bryter ble slått om og med ett fikk livet et helt annet innhold.

Ved en utrolig personlig styrke levet hun et nær fullverdig liv, til hun vel ett år senere, i januar 90 måtte gi opp.

Det er nu et år siden hun gikk bort og først i disse dager, vel 3 år etter at de forretningsmessige vanskelighetene begynte, synes det som om forholdene er på vei til å stabilisere seg.

Både tiden under hennes sykdom, og ikke minst savnet etter henne, har vært tungt å bære, men på en underlig måte føler jeg meg i dag som et mer "helt" menneske.

Jeg har utvilsomt klart å sette en del begreper på plass hos meg selv, begreper som tidligere hang i luften.

Verdinormer er drastisk forandret, uttrykk som "å sette pris på", har fått en ny mening og begrepet "toleranse" har også fått fornyet innhold.

Nu vet jeg at motgang kan gi styrke, at forandringer kan gi optimisme og at utfordringer kan gi glede.

Forutsetningene er imidlertid at man hele tiden målbevisst arbeider med den positive siden av seg selv.

Personlig tror jeg ikke på at tiden leger alle sår, men jeg tror at vi alle kan lære oss å leve med selv dype sår ved å pleie dem riktig.

Mitt i mitt yrkesaktive liv
1989

Mitt i mitt yrkesaktive liv. Man gjør seg mange refleksjoner når man står sånn noenlunde mitt i sitt yrkesaktive liv.

Når er det egentlig man befinner seg mitt i sitt yrkesaktive liv?

Neste år fyller jeg 50, og har da vært aktiv i næringslivet i ca. 30 år. Under vanlige omstendigheter er vel dette nærmere 2/3 deler av et yrkesaktivt liv, så hvordan kan det ha seg at jeg regner meg for halvgått?

Til tross for at jeg ikke løper like fort som for 20-30 år siden, mener jeg at den erfaring jeg har opparbeidet i disse årene, kompenserer fullt ut for all løpingen og derfor gjør meg mer effektiv.

Hva er effektivitet?

Jeg har med letthet overbevist meg selv om at jeg i dag tar avgjørelser, og da spesielt de virkelig ubehagelige og utfordrende sådanne, på en brøkdel av den tiden jeg trengte på å ta de samme for 20-30 år siden, og jeg drister meg til å si at kvaliteten er vel så god.

Selv om jeg alltid har vært en pratmaker, føler jeg at det også her har skjedd forbedringer.

Møter tvinges til å bli mer rasjonelle og derved mer effektive.

Er årsaken at man påtar seg flere og nye utfordringer som derved gjør at man tvinges til å bli mer tidsbevisst- altså mer presis- for å kunne gjennomføre disse?

Når den overordnede drøm er å kunne ta det litt mer med ro etter hvert som man drar på årene, harmonerer vel dette dårlig med at man stadig tar nye utfordringer. Gjør man det ikke, tar nye utfordringer- vel, så har man vel heller ikke blitt mer effektiv?

En helt annen sak er at jeg også har studert på om man blir mer effektiv ved å sile ut uønskede informasjoner.

Når man er helt ærlig overfor seg selv, og det er man jo, så hender det nok at man har en følelse av at det skjer.

Nei, sannelig om det er enkelt.

På den ene siden vil man gjerne tegne et godt bilde av seg selv, til seg selv, samtidig som man må innrømme at det blir vanskelig å si med ærlighet at man er halvgått rundt 50.

Kanskje 2/3 deler allikevel er mer riktig.

Jeg har lenge hatt den personlige tese at "alle har rett ut fra sine forutsetninger"

Er det ikke derfor at politikere strides- at ekteskap oppløses og at det blir kriger? Tenk om bare flere hadde hatt evner til å se ting mer objektivt- tenk så mye enklere det ville bli å løse felles utfordringer- ja, for hvor mye tid ødsles ikke i diskusjoner, bare for at noen skal føle at de har rett?

Selvfølgelig har jeg egenskaper til å se ting objektivt. Tenk så deilig det er å kunne si det. Det får meg virkelig til å føle at jeg har rett.

Ødsler jeg derved mindre tid- står jeg i flere politiske leire- er jeg fremdeles gift med den jeg lovet å leve livet sammen med til den siste slutt?

Har jeg i min lille verden ikke stelt i stand nok "mini-kriger"?

Det er herlig å føle at man er mitt i sitt yrkesaktive liv, enten det er 2/3 deler eller halvgått.

GM. 1989

Gavflaben - Jan Arnt 2010

Nettbank
August 2017

Jeg har selvfølgelig hørt om "Nettbank" og forstår at man med dette verktøyet blant annet kan utføre pengetransaksjoner ved hjelp av data.

At næringslivet er fullstendig avhengig av denne arbeidsmetoden i banksammenheng og at dette også gjelder de fleste yngre mennesker - og at tjenesten er til velsignelse i den sammenheng, er jeg ikke et øyeblikk i tvil om, nå som man i hvert fall i Oslo ikke finner bankfilialer lenger.

Hovedkontor ja, det må man vel ha for prestisjens og administrasjonens skyld, men ikke den tjenesteutførende filialen rundt hjørnet. Den var der jo tidligere for kundens skyld, men er tydeligvis blitt avleggs.

Antagelig skyldes dette kostnadene, for gebyrene er jo selvfølgelig bare å betrakte som bagateller når det gjelder bankenes inntekter, så det er sikkert ulønnsomt og holde dem gående.

Bankene er vel de eneste institusjoner som det ene året kan tape milliarder, for så det neste å ta det igjen med et enda større milliardoverskudd.

Hvordan det er mulig er det bare bankene selv som forstår. Vi andre vet bare hvem som betaler for det.

Ettersom jeg er permanent bosatt i Spania, hvor man ligger rundt 30 år etter i utvikling takket være blant annet en viss herr Franco, har man fremdeles bankfilialer, hvor alle former for banktransaksjoner kan utføres.

Ja, til og med kontanter arbeider man med, tenke seg til.

Riktignok må man belage seg på en del ventetid, for som man fort forstår når man avlegger en bankfilial i Spania et besøk, så skal selvfølgelig kunden ha god behandling. Halvparten av betjeningtiden, i hvert fall utenfor storbyene, går gjerne med til sosialt snakk - det er jo viktig at alle er oppdatert når det gjelder de siste begivenheter i området.

Om man har nettbank I Spania vet jeg ikke, men vil tro at det også her er utbredt.

Uansett, som nærmere 80 åring er det uansett uinteressant for meg å ta fatt i den utfordringen.

Det har intet å gjøre med at jeg ikke kunne sette meg inn i det, men har man først sagt ja i denne sammenheng fører det selvfølgelig til langt mer.

Jeg avfinner meg heller med litt ventetid i den lokale bankfilialen, og det kunne jo hende at også jeg fikk snappet opp noen rykter jeg ellers ikke ville få med meg.

Vel, vi tilbringer normalt august måned i Oslo, for å unnslippe den verste varmen og turisttrafikken i Syd Spania.

Under våre besøk bor vi sentralt i gåavstand fra sentrum og ellers alle fasiliteter, og rent bortsett fra kontakt med familie og ellers de få som fremdeles er oppegående av mine tidligere venner, lever vi et fredelig liv.

Jeg hopper bukk over en rekke detaljer som følger denne lille historien om "nettbank", da det ellers blir for komplisert

I forbindelse med mine bok-prosjekter, jeg har naturligvis PC en med til Oslo, mottok jeg en av de første dagene vi var der denne gangen, noen fakturaer fra forleggeren i Danmark. De hadde forfallsdato før vi skulle være tilbake i Spania og måtte selvfølgelig betales før den tid. De var i danske kroner og skulle betales til forleggerens konto i den Danske Bank.

Ettersom jeg har lagt merke til at Danske Bank har fått nytt hovedkontor på Aker Brygge, avlegger jeg dem et besøk.

I den store foajeen med en gedigen trapp opp i annen etasje, blir jeg i resepsjonen henvis til en separat inngang rundt hjørnet - jeg er jo bare en vanlig kunde.

Med mitt Britiske pass og kredittkort fra Danske Bank, presenterer jeg meg selv og forklarer etter å ha vist frem fakturaene at jeg gjerne skulle betale disse.

Den vennlige kvinnelige betjening forklarer meg kort og greit at man ikke på noen måte kunne utføre transaksjonen. Det måtte skje fra en filial i Danmark.

At jeg måtte få betalt disse fakturaene før forfallsdato da det ellers ville oppstå store problemer for meg, og at det var litt komplisert med en tur til Danmark bare for dette, hadde selvfølgelig ingen innvirkning på saken.

Jeg forklarte videre at jeg også hadde kredittkort i DNB, men at jeg helst ville belaste disse fakturaene på kontoen i den Danske Bank.

Vel, hun mente at DNB ville kunne betale dem og at jeg så etterpå måtte ordne med mitt eget interne regnskap. Dessuten, tilføyde hun, kunne jeg jo ha ordnet det hele "på nettbank".

Ja-vel, tusen takk for informasjonen, men du forstår at jeg er ikke så bevandret i den moderne data teknologien at jeg har "nettbank". Nei vel, men det burde jeg jo ha svarte hun!

Med et stort smil, og den evnen har jeg heldigvis fremdeles, sier jeg til henne: "Antagelig tilhører jeg den siste generasjon som ikke følger med i tiden, og det er jo min egen skyld" Hun ser ut til å være helt enig i det.

- Hyggelig avskjed med lykke til med på veien.

DNB "Flaggskip" holder til i Karl Johansgate 27, ser jeg nå i ettertid. "Flaggskip" høres veldig prestisjefylt ut, men så burde de vel også ha kunnet hjelpe en stakkar i nød.

Jeg har passert stedet mange ganger men aldri vært inne i banken, før jeg etter mitt besøk i den Danske Bank på Aker Brygg la veien opp til Karl Johans gate.

Trekker kølapp nummer 108 og registrerer samtidig at nummer 93 betjenes. Det lille som er av sitteplasser er opptatt av et variert utsnitt av Norges befolkning, og flere står.

Med tanke på at jeg kanskje etter en lang ventetid også her vil måtte gå med uforrettet sak, tok jeg en "spansk en".

En av betjeningskrankene fikk et lite opphold idet det neste nummer var en hodekledd mor med fire barn, som trengte tid på å få orden i egne rekker. Jeg tok noen resolutte skritt bort til ekspedienten, ba om unnskyldning og presenterte raskt mitt budskap. Etter å ha vist ham både passet og mitt DNB kredittkort, ristet han med et vennlig smil på hodet og forklarte at den form for transaksjoner kunne de nok ikke utføre.

Det gjør du på "nettbank" det, sier han. "Å - gjør jeg det?", svarte jeg med et smil samtidig som jeg spurte om det fantes andre løsninger:

Den hode-bekledde moren nærmet seg nå skranken sammen med sine to i barnevogn og de to andre. Den ene manøvrerte barnevognen mens den andre holdt et solid tak i morens lange svarte skjørt.

Idet hun viste frem nummerlapp 95, svarte den sympatiske betjenten at jeg ellers kunne henvende meg på postkontoret, for de hadde overtatt arbeidet med å foreta denne form for transaksjoner.

Med tusen takk for hjelpen og en unnskyldning til familiemoren, tumlet jeg ut på Karl Johans gate.

Merkelig at jeg ikke hadde tenkt på det før, det lyder jo helt logisk at en slik typisk banktransaksjon er en jobb for postkontoret. Ja-ja, så forstår man hvor lite opplyst man er, selv om det er en god unnskyldning at man har levet i Spania i mange år.

Dette gikk jo riktig fint fremover og ettersom posthuset i Vika var kjent for meg, og at jeg senest hadde vært der tidligere samme dag for å kjøpe frimerker til min kones postkort, ble det neste mål.

En spasertur i det lette regnværet var riktig forfriskende og når jeg til og med bare måtte vente noen minutter med kølappen i hånden følte jeg at Norge nok allikevel lå langt fremme i velorganiserte banktjenester, det dreier seg bare om å vite hvordan systemet fungerer.

Igjen en meget hyggelig betjening, som etter at jeg viste henne både fakturaene, passet og det norske kortet fra DNB, bekreftet at det skulle nok gå helt greit.

Fra skuffen trakk hun opp et skjema, hvoretter hun effektivt startet utfyllingen. Det dreide seg om åtte fakturaer som skulle betales samtidig, og det kunne skje i en overføring forklarte hun, da gebyret ellers ville bli ganske betydelig. Fin service tenkte jeg fornøyd.

Etter rundt ti minutter forklarte hun at jeg ville få en kopi etter at det hele var slått inn på PC en. Tenk at ting kunne gjøres så enkelt og greit uten "nettbank", tenkte jeg. Det var jo bare spørsmål om å kjenne fremgangsmåten.

Plutselig stoppet inntastingen brått. Jeg hadde hele tiden påpekt at fakturaene var i danske kroner, og hun hadde til og med regnet ut kursen på en liten lommekalkulator.

Hun hadde også anbefalt at jeg burde betale litt mer for ikke å få noen overraskelse senere for eventuelle kursavvik, noe jeg selvfølgelig godtok med glede. Det er utrolig hva de tenker på for kundens skyld.

Grunnen til at det hadde stoppet opp med inntastingen, var at det plutselig hadde gått opp for henne at betalingen skulle skje til en konto i den Danske Bank i Danmark. Nei det kunne dessverre ikke skje, postkontoret kunne bare foreta innenlandske overføringer.

Alt arbeid forgjeves. Hennes positive hjelpsomhet kom til kort i innspurten.

Med en fornyet takk for hjelpen og unnskyldning for bryderiet, spurte jeg om hun hadde noen gode råd til en eldre mann som ikke hadde kjennskap til "nettbank". Vel, hun visste at det på den sentrale bussterminalen var noen kontorer som kunne hjelpe til med overføringer til utlandet.

Ja vel takket jeg og unnskyldte meg igjen for bryderiet.

Det hadde nå oppstått en liten kø av mennesker med nummerlapper i hånden, som alle kastet et mindre vennlig blikk på min vei ut. Operasjonen må totalt ha tatt nærmere tjue minutter.

Alternativet med bussterminalen, som for øvrig ligger på den andre siden av byen var ikke særlig tiltalende, så jeg valgte å ty til "redningsplanken", noe jeg helst vil unngå for ikke å lage bry.

Greit for meg som er privilegert, i den forstand at jeg alltid har en mulighet til å benytte familiefirmaet i Norge i et knipetak, men hva med alle dem som ikke har en sånn mulighet?

Betyr dette at vi på min alder, som føler at vi har mer meningsfylt tidsfordriv enn å sette oss inn i stadig ny datateknologi, noe vi uansett vil bli hengende etter på, må legge inn årene?

Uansett, hva i all verden har en pensjonist på min alder med å sette seg i en situasjon som den i eksempelet ovenfor?

Kanskje man burde forbli hjemme i Spania, hvor man heldigvis fremdeler kan betale sine regninger i den lokale bankfilial?

Sier jeg ja til "nettbank", noe jeg ikke på noen måte har tenkt å gjøre, så baler det antagelig på seg med andre nødvendigheter som jeg ikke er i stand til å motstå.

Det "å stå utenfor" når det gjelder "nettbank" har jo ellers den fordel at man får ideen til refleksjoner som denne, som i dette tilfelle til og med fikk meg til å tilbakelegge flere kilometer på apostlenes hester, noe jeg antagelig ellers ikke ville gjort den dagen denne episoden skjedde.

Ikke så galt så er det godt for noe.
Hva med et nytt slagord: "Mot nettbank – for mosjon"

Opplevelse.
April 2014

I kortversjonen er en opplevelse innholdet av en persons subjektive erfaring.

Subjektivitet betegner usaklighet og partiskhet, altså det motsatte av objektivitet, mens erfaring er den kunnskap man får gjennom egne opplevelser. Jeg må innrømme at jeg ikke helt forstår hvor usakligheten kommer inn når det gjelder subjektivitet, men antar at leseren har et klarere bilde av det.

Går jeg videre blir det lett mer forvirrende, så jeg holder meg til kortversjonen.

Faktum er at videre forklaringer tvinger leseren til virkelig å gå i dybden og begrepene blir da i hvert fall for meg noe uklare.

En opplevelse som vi oppfatter den er da både ganske grei og enkel, er den ikke det?

Hva er det så som karakteriserer en opplevelse og hva er kriteriene for at en subjektiv erfaring, som jeg ser som en form for hendelse, kan karakteriseres som en opplevelse?

Etter min mening finnes det ingen karakteristikk på en hendelse, ei heller tror jeg det er noen bestemte kriterier som definerer en opplevelse. Kanskje man kan si at en opplevelse er en spesiell hendelse, en litt utenom det vanlige, eller er det slik at alle hendelser er en opplevelse?

Mitt enkle svar på det spørsmålet er at en opplevelse er det man selv gjør en hendelse til.

For hvert enkelt individ er det derved fullt mulig å lage selv den minste hendelse til en opplevelse, ja, til og med til en stor opplevelse.

Mange ser ut til å ha forstått dette, antagelig ubevisst, for noen har den egenskap at de aldri brenner inne med selv de mest uinteressante hendelser.

De refereres det ofte til med stor innlevelse fra vedkommende sin side og blir gjerne karakterisert som store opplevelser. Det som kanskje ikke er så bra er at mennesker med denne egenskapen ofte har for vane å gjenfortelle de samme hendelsene igjen og igjen.

Jeg vil tro at de fleste av oss kan vise til opplevelser av denne art.

Uansett, rett skal være rett, bagatellmessige opplevelser kan for enkelte fortone seg som utrolig betydningsfulle og da er de jo for vedkommende verdifulle og ikke bagatellmessige.

Nær døden opplevelser er ifølge Wikipedia tilstander som i blant beskrives av personer som har vært døden nær, eller som har vært klinisk døde men som så har vendt tilbake til livet. Disse tilstandene tolkes blant annet ofte som at det er et liv etter døden.

Nok om det, opplevelser er noe alle, uansett kjønn eller bakgrunn, opplever gjennom hele livet.

Opplevelser kommer som regel i to hovedutgaver, de gode og de dårlige, men det er bare å håpe at det for de fleste av oss er flere av den første kategorien enn den siste.

Med de utrolig mange millioner mennesker som reiser hvert år, skulle man tro at reiseopplevelser inntar en rimelig stor del av menneskers opplevelser.

Igjen må vel dette bli individuelt hvis vi er enige om at for hver av oss er en opplevelse det man gjør en hendelse til.

Tenke seg til hvilken frihet det gir og selv kunne bestemme over opplevelsene. Om den er stor eller liten, eller den er en som spenner over et kortere eller lengre tidsrom; en vi opplevde alene, eller en vi delte med andre. Det har ingen betydning, det som betyr noe er at den er vår egen opplevelse.

For meg er de viktigste opplevelser de jeg kan dele med andre.

Min kone har hatt geburtsdag den 29nde juli hvert år, hittil i sitt liv, og denne datoen kommer naturlig nok på forskjellige dager i uken.

For noen år siden skulle vi en tur til København. Jeg hadde møteavtaler mandag den 30te, så vi hadde bestilt flybilletter til lørdag den 28nde. Eneste avgang var på kvelden med ankomst rundt klokken halv elve.

Flyet lander i rute og vi ankommer hotell Royal Blue Radisson i sentrum av København rundt elve tretti.

Vel ankommet på rommet som ligger i attende etasje, med utsikt ned på tivoli, bestiller jeg en flaske rødvin.

Det er ikke av sparehensyn at det ikke ble en Champagne, men vi foretrekker begge normalt rødvin sammen med ost.

Flasken ankom sammen med en enkel ost-anretning.

Tivoli er fremdeles full av mennesker nå like før stengetid og nydelig opplyst. Jeg ser på klokken som bare er minutter på tolv, skjenker i glassene og gjør meg klar til geburtsdag-skålen.

På slaget tolv starter tivolis berømte og storslåtte fyrverkeri, som avfyres hver lørdag kveld i sesongen.

Den ellers sorte himmelen opplyses som om det var mitt på en solrik dag, hvoretter jeg løfter glasset og gratulerer med nok et år i loggboken.

I stillhet følger vi seansen som jeg kan tenke meg varer i nærmere ti minutter.

Min kone har knapt kommet seg etter sjokker før jeg påtatt beskjedent sier: dette er det minste jeg kan gjøre for min elskede på hennes geburtsdag.

- En herlig opplevelse.

Guldfisken - Jan Arnt 1980

Peishyllen
2016

Hvordan skulle noen kunne tenke seg at en del av stammen på et bjerketre fra hagen til en nabo i Oslo, skulle ende opp som overligger på en peis i Syd Spania? Antagelig er det ikke noe særlig spennende i historien, men at den er ganske uvanlig tror jeg det er dekning for. Det hele startet mot slutten av 80 årene. Etter at jeg kjører hjemmefra en iskald morgen i februar, dette skjer i Gulleråsveien, ser jeg to menn som er i gang med å felle noen store bjerketrær i nabohagen.

Er det nå vi får se at naboen splitter tomten og har planer om å skille ut en eller flere tomter? Den gang var tomtene i området relativt store.

På vei videre mot kontoret funderte jeg på dette med naboens felling av trær. Kanskje årsaken var så enkel som for å skaffe seg litt aftensol?

Vi hadde på et tidligere tidspunkt tenkt å snakke med vår nabo på den andre siden, om mulighetene til å få fjernet en kjempe-bjerk som tok det meste av vår aftensol.

Intet fører lettere til nabokrangel enn å gi seg i kast med diskusjoner om slike ting, så foreløpig har det bare blitt med tanken.

Arkitekten Peter Grosscurth i Cabrera i Syd Spania hadde på dette tidspunkt laget de første skissene til et hus jeg hadde planlagt å bygge.

Alt var bare på planleggingsstadiet, men det var allerede tanker om at blant annet at arbeidsværelset, eller kall det kontoret, skulle utstyres med peis. Ikke bare for hyggens skyld, men i fire hundre meters høyde, kunne det lett bli kjølig utover kveldene i Januar og februar.

Alle hus Peter på dette tidspunkt hadde tegnet og bygget i Cabrera, hadde av den grunn peis, ofte med mauriske motiv, og alle med en murt peishylle.

Den beste veden, fullt på høyden med den norske bjerken, var og er oliven. Den brenner sakte, varmer godt og gir god lukt og lun hygge.

På kontoret overtok dagens utfordringer styringen.

Det var ikke før jeg på veien hjem igjen passerte naboens eiendom, at jeg fikk se tre store bjerketrær, som alle var delt i to, ligge ved siden av hverandre i snøen.

De var renset for grener, som allerede var kjørt bort, og var tydeligvis klare til å bli saget opp i riktig lengde til bruk som peisved.

De to som hadde utført arbeidet var akkurat på vei ut porten, og det var i det øyeblikk tanken slo meg at her måtte det smis mens jernet er varmt.

Jeg stopper bilen, går ut og henvender meg til de to.

Jo, riktig nok, tanken var å kutte stammene opp og kløve den til peisved, men det var enda ikke laget avtale med noen om kjøp.

Eieren av eiendommen, vår nabo, var en eldre enkemann og han, sa de, var ikke interessert i veden så det var deres jobb å ta hånd om det hele.

Jeg slår frempå om det er mulig å få kjøpt noen meter av den tykkeste stammen. Jo, det var de helt med på. Når det gjaldt å klargjøre stammen til peisved, måtte de jo både kappe og kløve, så det å bli kvitt noen meter var helt i orden.

Jeg foreslo noen hundrelapper, noe de nikket anerkjennende til.

På den tid kjørte jeg en stor Chevrolet stasjonsvogn på grønne skilter.

Med et solid tauverk stilte jeg opp neste morgen til avtalt tid. Det hadde snødd kraftig om natten og måkebilen hadde enda ikke nådd frem til våre adresser.

Om vinteren hadde jeg alltid "knipetak" liggende i bilen, og disse hadde jeg for anledningen allerede klipset på bakhjulene.

Bilen var som ny blitt levert med hengerfeste, så planen var helt klar.

Den 3-4 meter lange stammen, som sikkert må ha veid noen hundre kilo, hadde jeg tenkt å trekke etter bilen fra naboens hage opp på hovedveien, knappe 150 meter på denne og så ned vår innkjørsel og bort til carporten, rundt 100 meter til.

Min bit av stammen hadde de allerede saget av og fått trukket på snøen så den lå klar et stykke innenfor porten.

Tauet ble festet rundt den ene enden av stammen, mens den andre ble gjort fast til hengerfestet på bilen. For å kunne manøvrere rundt tre 90 graders svinger, var det viktig med så liten avstand som mulig mellom stammen og bilen.

Chevroleten hadde masse hestekrefter og automatgir og med "knipetakene" på plass og differensialsperren på, gikk transporten helt etter planen.

Min samboer lurte selvfølgelig på hva jeg skulle med denne bjerkestammen, ettersom jeg ikke hadde fortalt henne om min plan.

Hvordan hun tok det når jeg fortalte om mine planer husker jeg ikke, men hun var normalt sporty nok når det gjaldt improvisasjoner.

Jeg har enda ikke nevnt at jeg antagelig ville vært snekker i dag hvis det ikke var for min tekniske interesse og det at jeg ble sendt på Olivettis tekniske skole i Italia for senere å starte som teknisk instruktør i min ste-fars kontormaskinforretning.

Tilfredsstillelsen av å arbeide med tre har jeg alltid hatt.

Bjerke-stokken ble liggende i carporten i hvert fall i to år før jeg mente den hadde fått nok naturlig tørke til ikke senere å slå sprekker.

Her skulle det bli en peishylle i beste norske stil.

Til min kone som jeg var gift med den gang huset ble bygget, hadde vi innredet et veve-rom i forbindelse med stuen. Hun var kunstnerisk anlagt og hadde talenter både som veverske og når det gjaldt billedlig kunst.

Rommet, som var forbundet med en stor skyvedør til stuen, ble for anledningen omdannet til snekkerverksted.

Etter avtale med Peter, ble vi enige om at peishyllen skulle være 208 centimeter lang. Han skulle nok få montert den på peisen i arbeidsværelset når tiden kom.

Men hvordan i all verden skulle jeg få den transportert til Spania?

Nevnte jeg ikke at jeg den gang kjørte en stor Chevrolet stasjonsvogn, lå det ikke en mulighet der?

Uansett, transportutfordringen fikk vi ta når den tid kom.

Før råemnet ble flyttet inn i "snekkerverkstedet" for videre bearbeiding, ble den avtalte lengden kuttet, og den runde stokken omgjort til en firkantet stokk, ved hjelp av motorsagen.

Vel plassert i vevstuen på to bukker, i riktig arbeidshøyde, var det bare å gå i gang med finere verktøy.

Etter at den var bearbeidet ble den 208 centimeter lang, 29 centimeter høy og 18 centimeter bred.

I min bok "70 år i kommunikasjon", om firmaene Max Manus, behandler jeg blant annet firmaets engasjement i Cabrera, med et pilotprosjekt for kommunikasjon – og alarmsystem.

I den forbindelse skulle en rekke utstyr fraktes fra Norge.

Firmaets største varebil ble fylt opp med all verdens utstyr i forbindelse med prosjektet, sammen med den hjemmelagde peishyllen.

To mann skiftet om kjøringen og nådde, etter mange spennende erfaringer på grenseovergangene, trykt frem til Cabrera med både utstyr og peishylle.

Den forvandlede norske bjerkestammen kom på plass som peishylle i det nye huset, og har fremdeles sin fremtredende posisjon der, fullstendig uten sprekker eller andre tegn på svakheter.

Hoved under armen - Jan Arnt 2010

Reisen

Desember 2012

Alle har sine spesielle erfaringer og hendelser I forbindelse med reiser.

Det er vel her som med så mange andre ting i livet at ingen slipper fri, det er bare måten man blir servert opplevelsen på.

For noen går det langt over bare hendelser og erfaringer, ja, langt mer alvorlige ting enn bare de jordiske, som når alt kommer til alt som regel leges relativt enkelt.

I vårt tilfelle, ved denne spesielle anledning, endte det hele godt men ble en opplevelse som fikk en noe uvanlig dreining.

Jeg kan i denne sammenheng ikke dy meg for å nevne navn der hvor det stort sett fortjenes ros, men jeg forblir mer tilbakeholdende når det er vanskelig å holde seg på matten i forbindelse med diskriminering og det som verre føles.

Det hele starter med at vi skal til vårt årlige Danmark-besøk i desember i forbindelse med styremøte og diverse forretningsmessige aktiviteter.

København er virkelig verdt et besøk i desember med julepyntede gågater, feststemte mennesker og hyggelige restaurantbesøk.

Alt dette er egentlig uvesentlig i denne sammenheng, her dreier det seg om selve reisen.

En reise i seg selv er, som vi vel i de fleste tilfeller erfarer den, et spørsmål om å komme fra et sted til et annet for på at senere tidspunkt og returnere til utgangspunktet.

Tidspunktet for avreise og hjemkomst på denne tid av året bestemmes ikke av dine ønsker, men av de tilbud som forefinnes.

Vi skulle altså hjemmefra, som er Syd Spania, til København og tilbake, med et opphold på en snau uke.

Stort sett greit. - Eneste mulighet, eller rettere sagt den som passet best for oss, var med Norwegian fra Alicante, via Oslo, til København. Returen med samme selskap, direkte fra København til Alicante, men med sen avgang og enda senere ankomst, nærmere klokken tolv om natten.

Oppholdet i København på et upåklagelig hotell.

Hjemmefra den 5te desember klokken 8.00 om morgenen. Nydelig morgen-sol hele veien og med ankomst flyplassen godt to timer før avgang.

Ingen problemer bortsett fra når det gjelder stressen ved innsjekking-kontrollen, som stadig øker i takt med alderen.

Dette er bare naturlig og kan selvfølgelig ikke belastes noen. Kontroll er viktig.

Først skal radene fra 16 og bakover fylles og det er greit. Vi hadde forhåndsbestilt på nødutgang og ventet, mens de bakover inntok sine seter.

Mens dette pågår vandrer en enorm variant av kvinne-arten rundt i uniform og skjeller mennesker ut.

Får det kvikt for meg at her er det et menneske som via sin "makt" skal hevne seg for, jeg vet ikke hva.

Det er helt greit at det er regler for hva man kan ta med seg inn i flyet og at det i dette tilfelle ble gjort klart over høyttaleren av flyet var fullt.

En stakkars mann med en moderat ryggsekk og to tre beskjedne myke plastposer blir regelrett utskjelt med beskjed om at han nærmest kunne ryke og reise.

Den ene etter den andre fikk med pekefinger mot seg, i tydelige ordelag meddelt at om ikke vedkommende omgående sendte håndvesker eller handleposer som reisegods kunne de like godt glemme turen.

Hun var antagelig Spansk og jeg belaster ikke Norwegian. Det å ha en sånn variant på lønningslisten ville være en skamplett for arbeidsgiveren.

Tenk hvor enkelt det ville være for vedkommende, med et smil å forklare at vi må nok sende den og den bagen eller posen i nederste del av flyet på grunn av plassmangel, vel å merke hvis man var et menneske som fortjente å ha sin jobb i det hele tatt.

En norsk eldre dame ved min side uttrykte med høy og klar stemme noe sånt som: "jeg trodde tiden var over for gestapister".

Den angjeldende representant for kvinne arten var som snytt ut fra det man forbinder med historier fra de tyske fangeleirene under siste verdenskrig.

Vel - det var det. Temmelig indignerte fant vi til slutt våre plasser og etter vel 7 timer med mellomlanding i Oslo, ankom vi Kastrup.

Som sagt, oppholdet vedrører ikke denne historien, så jeg går rett på sak.

I ulende snøstorm i København, har vi fått utsatt utsjekkingen på hotellet til klokken 14.00 på hjemreisedagen.

Flyet skulle først lette klokken 20, men hva skulle vi gjøre i dette forrykende været.

Taxi direkte til Kastrup med vel 5 timer ventetid, ingen problemer med det.

Innsjekkingen gjør vi på maskin, som vi etter hvert med mye prøving og feiling har vendt oss til, hvoretter bagasjen leveres på samlebåndet.

Tidligere nevnte episode hadde satt sine spor, kanskje det allikevel er slike typer mennesker som skal til for å få oss til å følge reglene?

Håper imidlertid ikke det.

Både min kone og jeg har hver vår lille, godkjente, håndkoffert. Hun har i tillegg også, som antagelig flesteparten av alle damer, sin håndveske. Dette har jeg nå etter episoden forstått er totalt forbudt.

Vi kjøper ellers alltid rikelig med lesestoff, som jeg ved denne anledning hadde i en plastpose sammen med to små vannflasker.

På oppfordring, og pliktoppfyllende som jeg er, blir jeg enig med min kone om at jeg ikke har behov for noe i håndkofferten under flyturen, så vi sjekker den inn som vår bagasje nummer to, for ikke å risikere oppstyr.

iPaden hadde min kone tatt i sin veske sammen med sin egen, da vi nå for første gang stiftet bekjentskap med at vi i luften visstnok kunne titte på og sende mail.

Med god samvittighet vandrer vi mot kontrollen for å begynne avkledningen og kropp-undersøkelsen.

Dette er som nevn blitt ganske stressende for oss godt inne i syttiårene, men man venner seg jo til det aller meste.

På veien går det opp for meg at bilnøkkelen er blitt liggende i håndkofferten, så jeg sier som en spøk til min kone: "det eneste som nå mangler er at den ikke kommer frem til Alicante". Der har vi nemlig bilen, som skal bringe oss de 200 kilometerne hjem.

Vi har mer enn nok med å få tiden til å gå frem til klokken 20, så vi tenker ikke mer på saken. Tar isteden en litt sen lunch, med klar tanke om at det blir dagens siste måltid.

Vel en halv time forsinket på grunn av sen ankommet maskin, er vi i luften med en tre timers flytid foran oss.

Alt perfekt med vennlig betjening. Purseren med nisselue og alle med vennlige smil til høyre og venstre.

Lander mer eller mindre på tid-tabell klokken halv tolv i Alicante, men merker straks at her var solen bokstavelig talt gått ned.

Vi foretrekker i dag heis istedenfor rulletrapper, men den gang ei. Her lyste det rødt over alt, både for heiser og for rulletrapper.

Forsiktig stabber vi oss ned den stillestående rulletrappen til bagasjeutleveringen, det er jo heldigvis ikke slik at vi ikke kan klare det lenger.

Mesteparten av alle lys var slukket og bortsett fra to politibetjenter så vi ingen andre enn våre medpassasjerer.

Jo da, på lang avstand kunne vi se vår røde koffert på samlebåndet, så det lovet godt.

Umiddelbart etter kommer hennes håndkoffert, mens det var verre med å se min lille tohjuling.

Etter at alt ble stille og dødt hadde vi fremdeles ikke sett noe til den, så gode råd var nå dyre.

En søt og vennlig betjent, som senere viste seg å være ansvarlig for "lost and found" dukket plutselig opp rullende på tre kofferter.

Hun forklarte at de var to dager forsinket, også fra København, ankommet med vårt fly.

Hun fikk, når vi forklarte vår situasjon, satt de to politibetjentene i sving med å sjekke utenfor ankomsthallen og i selve bagasjebåndmaskineriet.

Uten deres hell når det gjaldt å finne min håndbagasje, registrerte hun så denne som savnet, på en utpreget sjarmerende og profesjonell måte.

Hennes navn er Sandra Mira og hun jobber for Menzies Aviation, som jeg antar er en del av flyplassadministrasjonen.

Der står vi da uten nøkkel til bilen og tusler som de siste ut av ankomsthallen som på dette tidspunkt kun er utstyrt med nødlys.

Til alt hell er det fremdeles to drosjer på plass, hvorav den ene, på vår oppfordring bringer oss til hotell Melia i Alicante.

Det var blitt en utrolig lang dag, som endte med at vi rundt klokken halv to om morgenen kom dødstrette i seng.

En god frokost klokken ti brakte hjerne-vinningene sånn nogen lunde i sving igjen, så det bar med drosje tilbake til flyplassen, etter at vi hadde sjekket ut.

Ved kontoret med ansvar for Norwegian, det samme Menzies Aviation men i selve avgangshallen, ble nok en hjelpende dame vår skjebne til del.

Kort tid senere ble det klart at kofferten ikke var funnet noe sted, men at neste fly først ville komme samme kveld på samme tid som vi kom kvelden før.

Mens vi satt på en benk ved siden av Ryanairs innsjekkingsskranker, så jeg til min forskrekkelse det samme vesenet som hadde hatt sin opptreden uken før, den dagen vi dro.

Jeg sjekket på avgangs-tavlen at hun behandlet passasjerer som skulle til Santiago med FR 8538 kl. 12:55.

Etter hver kundebehandling, når den angjeldende person fjernet seg fra skranken med sin rullende håndkoffert, så jeg at hun kastet stirrende blikk etter dem mens hun målte koffertstørrelsen med øynene.

Kunne et nytt offer straffes?

Min aversjon mot personen tiltok, men jeg lot det hele vike for tanken om hva vi nå skulle gjøre.

Det eneste logiske var å leie en bil, noe vi omgående gjorde, og satte kursen hjemover.

Etter et par timer, rundt klokken to, var vi hjemme. Min kone hadde nøklene til leiligheten - så langt var alt vel.

Etter en halv time ringer de fra flyplassen og forteller at kofferten nå var funne i København og at den ville bli sendt med flyet som skulle ankomme nærmere midnatt.

Spørsmålet var så om hvor de skulle levere kofferten?

Som vi hadde forklart før vi dro fra flyplassen, var det utenkelig for oss å vente der i tolv timer dagen før, med håp om at den ville komme, og at vi derfor hadde leiet en bil.

Denne ville jeg så levere tilbake på flyplassen neste dag når jeg allikevel måtte hente bilen der, samtidig som jeg ville plukke opp kofferten hvis den var ankommet.

Altså var det uinteressant med levering, den utgiften på vel fire timers kjøring kunne de spare.

Med turen tilbake til Alicante, avhenting av bilen og henting av kofferten hadde jeg på tjuefire timer lagt bak med fire hundre kilometer mer enn nødvendig hvis kofferten hadde fulgt oss.

Ved avhenting av kofferten viste det seg at denne var totalt ødelagt. Det så ut som den hadde blitt "kvernet", men til alt hell var alt på plass, til og med bilnøkkelen, selv om glidelåsen til lommen den lå i var revet av.

Den utrolig hjelpsomme damen i "Lost and found" skrev rapport og alt synes klart for at jeg nå kunne lage min rapport til flyselskapet.

Jeg skal ikke plage leserne med detaljene rundt dette, men kun gjøre noen få anmerkninger.

Norwegian, hvortil jeg sendte en etter min mening utfyllende rapport, gjorde oppmerksom på at de ikke var ansvarlig for noe som helst av innhold i bagasje og at deres erstatningsansvar var begrenset oppad til kr. 500,- for en ødelagt koffert.

Skulle det komme til noen erstatning for denne, måtte kofferten først sendes til dem i Oslo for evaluering.

Jeg hadde videre vedlagt regning for hotell-overnattingen i Alicante, samt drosje til og fra flyplassen, og videre leiebil i ett døgn.

Totalen lød på rundt to tusen kroner.

Dette var heller ikke på noen måte deres ansvar. At de ellers ble spart for fire hundre kilometers kjøring for levering av kofferten ble selvfølgelig bare neglisjert.

Bare frustrasjonen og arbeidet med rapport, samt kjøringen frem og tilbake til flyplassen overskrider langt beløpet det her er snakk om, men ett er sikkert, man blir en erfaring rikere når man har vært gjennom en situasjon som denne.

Rent bortsett fra dette var det en fin uke i København.

Revolusjon
2017

Revolusjon er noe riktig stort og omfattende å ta fatt i.

Ordet revolusjon stammer fra det latinske ord "revolutio" som betyr omveltning. Wikipedia forklarer det som følger: Et begrep som brukes om en grunnleggende endringsprosess som foregår i løpet av et kort tidsrom. Alt dette legger jeg til side da jeg ikke på noen måte er kompetent til å ta fatt i noe så omfattende og for meg forvirrende.

Kort fortalt oppfatter jeg revolusjon som det motsatte av evolusjon, som på latinsk heter "evolutio".

Når det dreier seg om en evolusjon forventes det ikke at utviklingen skal skje hurtig og i store sprang, tvert imot.

Man snakker om revolusjonerende tekniske utviklinger, og dem har det vært utrolig mange av siden jeg ble født i 1939 og frem til i dag.

Det er mulig jeg er litt på villspor, men hvis man med revolusjonerende teknisk utvikling allikevel aksepterer en utvikling som går over tid, i dette tilfelle dog ikke mer enn rundt 125 år, så er jeg forhåpentlig vis på rett vei.

Selv har jeg vært så heldig å ha fått være med på et litt spesielt seilas i den sammen heng, i perioden fra umiddelbart etter den siste verdenskrig i 1945 og frem til i dag.

I denne perioden satt jeg ikke bare på sidelinjen, men fikk i mikroskopisk sammenheng være med på selve revolusjonen. Det dreier seg om 65 års ut vikling av begrepet "fra tale til tekst", hvor status i dag er at "talen kan omsettes direkte til tekst".

Det hele startet med Thomas Edisons oppfinnelse av den såkalte "Phonograph" i 1877, hvorpå man lagret lyd for senere å kunne lytte til innholdet. Oppfinnelsen, førte til en rekke praktiske maskiner, deriblant grammofonen og på et langt senere tidspunkt, i 1923, dikteringsmaskinen.

Det Amerikanske selskapet Dictaphone var antagelig den første som introduserte Edisons prinsipp for innspilling og avspilling av tale, til praktisk bruk for diktering og avskriving.

I 2016 var det 70 år siden min stefar Max Manus gjennomførte det første driftsår i kontormaskinbransjen sammen med sin partner Sophus Clausen, i firmaet Clausen & Manus kontormaskiner.

Det første agenturet for dikteringsmaskiner de fikk tak i var de amerikanske Dictaphone maskinene. Disse maskinene arbeidet i begynnelsen med voks-ruller som lyd-media. Disse måtte etter bruk slipes for å kunne benyttes om igjen.

Konkret betydde dette at Clausen & Manus Kontormaskiner solgte og reparerte dikteringsmaskiner i Norge, fra første dag disse ble introdusert på våre markeder i Norden, og i stort omfang ble tatt i bruk i kontorsammenheng.

Alle varianter av lyd-medier så etter hvert dagens lys og dikteringsmaskiner ble fabrikkert i mange land

Det ble kontinuerlig utviklet teknologiske nyvinninger, og i den sammenheng var lite uprøvd. Alt gikk ut på å forbedre dikteringsmaskinen, uten at jeg skal lage en avhandling om det.

Når det gjaldt lyd-media arbeidet man med alle varianter fra stålwire, magnetiske plater, ruller og mansjetter, til magnetiske bånd av forskjellig typer.

Sophus Clausen og Max skilte lag i 1952. De delte agenturene seg imellom og Max fortsatte med sitt eget selskap Max Manus Kontormaskiner.

Når det gjaldt dikteringsmaskiner beholdt Sophus Clausen Dictaphone agenturet mens Max, som også gjerne ville fortsette med dikteringsmaskiner, snart fikk tak i det tyske agenturet Stenocord.

På det tidspunkt arbeidet både Dictaphone og Stenocord med magnetisk mansjett eller det man ofte betegnet som belte.

Diktering var allerede blitt en viktig del av kontoradministrasjonen, både i den private og den offentlige sektor.

I 1957 kom Philips på markedet med sin første dikteringsmaskin. Den var basert på magnetisk bånd, men med den store forskjell fra de tidligere magnetbåndløsningene, at begge båndspolene, den fulle og den tomme, var montert i en lukket kassett.

Behandlingen og bruken ble på denne måten betraktelig forenklet i forhold til eksisterende maskiner basert på magnetisk bånd.

Max Manus Kontormaskiner fikk i 1957 - 58 agenturet for Philips dikteringsmaskiner, først i Norge og så i Danmark, og tok snart store markedsandeler i begge land.

Den såkalte minikassetten var en Philips-konstruksjon som, når den ble introdusert i deres dikteringsmaskiner, gjorde disse til markedsleder.

Etter hvert som PC en inntok markedet og overtok det meste av arbeidet til vanlige kontormaskiner av forskjellig art, ble det ikke lenger hørt på argumentet at man dikterer 7 ganger hurtigere enn man skriver. Flere og flere gikk over til å skrive selv, en trend det etter hvert ikke var mulig, eller riktig, å motarbeide.

Storbrukere av dikteringsmaskiner, så som advokater og sykehus fortsatte imidlertid med bruk av den mest rasjonelle fremgangsmåte man kjente til på den tiden når det gjaldt å omsette tale til tekst, nemlig diktering via maskin og avskriving via sekretær. Avskrivingen skjedde etter hvert med overgang fra datidens manuelle og elektriske skrivemaskiner, til PC.

Hadde ikke behovet for å omsette tale til tekst vært tilstede hos disse store brukergruppene, kan det nok være et spørsmål om videre produktutvikling på dette området ville ha skjedd på den måten det gjorde.

Max Manus Forskning AS, med Bjørn Andersen som leder, drev i over 40 år blant annet med utvikling av interne høyttalende kommunikasjonssystemer-intercom. Jeg hadde uendelig glede av å ha et godt og kreativt samarbeide med Bjørn i alle disse årene.

Philips intercom som disse produktene ble hetende, gav oss verdifull "markeds-feed-back", og sykehusene var, fra 1960 og helt frem til nye revolusjonerende metoder innen tale-behandling kom på markedet i begynnelsen av 2000, storbrukere av både intercom og diktering. Det var derfor nærliggende for Max Manus Forskning AS å gi seg i kast med utvikling av en kombinert systemløsning for diktering/avskriving, og tale-kommunikasjon.

DICOM 2010 som det ferdige produkt ble hetende, leverte vi til mer enn 150 sykehus i Norge og Danmark med til sammen mange tusen brukere.

I denne spennende tiden var det flere aktører i verden som arbeidet med tale-gjenkjenning, det vi si at talen automatisk omsettes til tekst via tekniske hjelpemidler.

Som med alle store teknologiske gjennombrudd gikk det ikke like lett for alle som arbeidet med denne teknologien, men i slutten av 1990 årene visste alle i bransjen at det bare var snakk om tid før såkalt tale-gjenkjenning ville bli en praktisk realitet.

Den utfordringen ble det tredje generasjon i Max Manus AS som med stor suksess tok hånd om.

Med basis i produkter fra Philips og senere Nuance var Max Manus AS de som brakte tale-gjenkjenning til brukere i Norge og Danmark.

I 2005 fikk det første sykehuset i Norge innført tale-gjenkjenning og i årene som fulgte kom denne teknologien for fullt inn i det norske helsevesen.

I dag er man så godt som heldekkende innen helsesektoren.

I Max Manus Danmark tok det lenger tid med innføringen, men fra 2009 var man også godt i gang der.

I 2010 ble Max Manus AB Sverige opprettet, noe som skulle vise seg å bli et stort satsningsområde i flere år fremover.

Max Manus AS har nå i mange år selv drevet utvikling av tale-gjenkjenning og integrasjons-moduler til en rekke forskjellige sykehussystemer.

I disse dager leverer vi en egenutviklet løsning til NAV i Norge som er kalt TUVA. Dette er et tale-gjenkjenningssystem beregnet til generell bruk, som vil kunne egne seg til en stor bredde nye brukere i samfunnet.

Ingen kan med sikkerhet si hvor utviklingen vil gå etter dette, men som med alt annet vil utviklingen fortsette.

I all beskjedenhet har jeg vært så heldig å få være med på et spennende teknisk revolusjons-seilas i mer enn 65år.

"Fra diktering til voks-rull og avskriving på skrivemaskin – til tale-gjenkjenning hvor talen omsettes direkte til tekst".

Fødekæden - Jan Arnt 1980

Rigoletto
Juni 2014

De fleste vil gjenkjenne tittelen med navnet på operaen, som i 1851 ble skrevet av italieneren Guiseppe Verdi.

Vel, denne historien har, som man snart vil forstå, svært lite med operaen Rigoletto å gjøre.

Senen er en hvitlakkert Triumf TR6 1970 modell med nedslått kalesje, som i rundt 50 kilometer i timen, og presset så langt ut mot veikanten som mulig for å slippe annen trafikk forbi, snegler seg av sted.

Oppe på den nedslåtte kalesjen sitter min daværende, som i nittennittiåtte ble min kone, og klamrer seg til en Yucca palme som stikker nesten tre meter opp mellom bena hennes. Diameteren på selve stammen er knappe fem centimeter og selv om bladene på toppen ikke er mange og store, presser luften busken mot henne med stor kraft. Ettersom hun ikke er av den store fysiske typen, la hun det meste av kreftene til for å holde nyanskaffelsen i loddrett stilling.

Jeg er sjåfør og sitter på venstre side i forsetet. Bilen er engelsk, men opprinnelig bygget for det amerikanske marked, derfor venstrerattet.

Selv om ikke farten er stor, blafrer hennes lyse hår i vinden mens biler passerer i stor fart i begge retninger.

Innimellom blir vi forbikjørt av de enorme lastebilene som benytter denne veien fra havnen i Garrucha til gipsbruddene ved Sorbas, for å hente last.

Det tutes ved hver lastebils forbikjøring, mens sjåførene ler og roper begeistrede kommentarer ut av vinduene.

Vi har hentet palmen hos hagesenteret Haro og er på vei hjem til Cabrera for å plante den på en dertil egnet plass på terrassen. Strekningen vi kjører mens lastebilene passerer oss er vel fem kilometer, hvoretter vi tar av til vår nærmeste landsby Turre. Deretter tar vi fatt på den seks kilometer snirklete veien opp til Cabrera hvor vårt hus ligger, nøyaktig fire hundre meter over havet.

Denne hendelsen skjedde en vårdag i nittiseks, og vi hadde flyttet sammen i huset ganske kort tid før.

Dessverre ble det ikke tatt noen bilder, hverken fra transporten eller plantingen, men ettersom denne episoden skjedde for over 20 år siden, måtte man jo hatt sitt fotoapparat klart hvis bilder skulle tas, mobilen med denne funksjonen innebygget kom jo først mye senere.

Vel, også på veien fra Turre opp til Cabrera, som den gang var så smal at en av bilene som møtte hverandre normalt måtte stoppe for å slippe den andre forbi, utspant det seg også flere vennligsinnede tilrop med latter.

Endelig på plass utenfor garasjen, gjenstod en balansegang for å få fraktet treet de 52 trappetrinnene opp i heis-tårnets fem etasjer, for å nå terrassen utenfor huset.

Heisen var enda ikke installert, men selv i en slik ville ikke Yucca palmen ha fått plass.

Vi hadde på forhånd bestemt hvor den skulle plantes, og hadde allerede gjort alt klart.

Da den endelig stod der, var vannet og vel forankret i sine nye omgivelser, smakte det ekstra godt med et glass hvitvin i ettermiddagssolen.

Vi syntes antagelig transporten hadde gitt oss en spesiell kontakt med vår nyanskaffelse, for vi ble fort enige om at den burde få sitt eget navn.

Min kone som er sveitsisk og fra Geneve, har fransk som sitt morsmål. Hun syntes turen fra Haro, hvor vi hadde kjøpt Yuccaen, hadde vært den mest minnerike bilturen hun noen gang hadde opplevd, og spesielt hadde hun gledet seg over all latteren og tilropene underveis.

Å le heter på fransk "Rigoler", noe jeg ikke visste før hun fortalte det.

Vi ble sittende å tygge litt på dette og jeg tror det var jeg som kom til å nevne "Rigoletto". Han var jo en hoffnarr, så det er vel nærliggende å anta at navnet hans har noe med latter å gjøre.

Ingen videre polemikk, vi ble straks enige om at barnet skulle hete "Rigoletto".

Med en høytidelig skål, proklamerte jeg, samtidig med at den fikk en ekstra dusj fra have-slangen, at: ditt navn skal være "Rigoletto".

I det samme tidsrommet ble det plantet en rekke trær både rundt terrassen og i det vi kalte haven utenfor selve huset.

Grunnen til at heis-tårnet er bygget, er at dette er den eneste inngang til huset.

Dette er bygget på toppen av en godt over ti meter høy fjellknaus, som ikke er mye større enn selve huset.

Utsikten er fantastisk.

Mot vest kan man i godt vær se snøfjellene i Sierra Nevada og mot øst fyrtårnet i Cartagena i en klar nattetime.

Marianne og jeg giftet oss i 1998 og tilbrakte de neste 10 år i huset i Cabrera.

Heisen ble etter hvert installert og i takt med vår egen overgang til "The Vintage age", ble <u>det</u> selvfølgelig en lettelse når det gjaldt adkomsten.

"Rigoletto" fant seg raskt utrolig godt til rette, og vokste i en fart man ikke skulle tro var mulig.

Den ene spinkle stammen min kone holdt fast i den gang vi hentet den, ble raskt til tre, som etter hvert måtte trimmes i høyden da de gav seg i kast med den til tider meget sterke vinden over hustaket.

Det er ikke utenkelig at de alle tre trivdes ekstra godt med musikken vi alltid spilte over en serie ute-høyttalere, hva vet jeg?

Rundt 2006 fant vi ut at huset i Cabrera ble vel mye å baske med, både når det gjaldt kjøringen opp og ned, og ellers alle gjøremål forbundet med å holde det hele i orden.

Vi er på dette tidspunkt godt inne i 70 årene og føler at livet kan leves litt lettere i en leilighet tilpasset oss to.

Vi endte opp rundt 25 minutters biltur fra Cabrera, nede på det vi kaller flatlandet. Ikke fordi det er helt flatt, men fordi området er omkranset av fjell på alle kanter unntagen mot Middelhavet.

Dette har gitt oss en god balanse mellom vår "Vintage age" og de daglige utfordringene.

"Rigoletto" trives stadig. Hver av de tre stammen har en livvidde nede ved roten på rundt 150 cm. Ingen tvil om at den trives der den står, med sine grønnmalte felt der hvor det har vært nødvendig å kutte for at den ikke skulle bli for dominerende.

Roma-tur - 1958

April 2017

Utgangspunktet for denne weekendturen var Firenze.

Tidspunktet må ha vært rundt påsken i 1958 like før jeg avsluttet min kommersielle utdannelse ved Olivettis skole i Firenze.

Jeg hadde lagt bak meg den tekniske utdannelsen ved deres fabrikker i Ivrea i Nord Italia året før og var vel bevandret i både språk og kultur, mente jeg selv.

Skolen holdt til i Via Bolognese 106 som var en imponerende park-anlagt Villaeiendom med flere bygninger, som antagelig var oppsatt i midten og slutten av det nittende århundre.

Vespa scooteren jeg hadde anskaffet allerede ved min ankomst til Ivrea, rett etter sommerferien 1956, hadde jeg allerede, etter at jeg fikk "Italiensk Internasjonalt Førerkort" på min 18 års geburtsdag den 14. mai 1957, erstattet med en Lancia Aprilia 1949 modell. Den hadde V formet motor, 1,5 liter, med 48 hestekrefter. Men la deg for all del ikke forlede til å tro at den var en sinker i trafikken. Den gikk i Italia under navnet: La Regina della Strada, eller "Veienes Dronning".

I motsetning til den tekniske skolen, som hadde mange internasjonale elever i tillegg til de italienske, var det bare noen ganske få i Firenze. Det ble derfor naturlig at jeg hadde mest kontakt med de som kom fra Olivettis egne kontorer rundt omkring i Italia.

Jeg husker ikke lenger navnene på noen av dem, men det var i hvert fall tre italienere i tillegg til meg, som en torsdag ettermiddag hadde pakket et minimum av nødvendigheter for to overnattinger, i våre respektive bager.

Jeg hadde anskaffet et bilkart som vi sammen studerte, for å velge det vi mente var den beste ruten.

Glem ikke at vi er tilbake i 1958, altså for nærmere 60 år siden. Motorvei eksisterte ikke, men det var man naturlig nok fullt innforstått med.

I dag opplyser "brettet" at fly-distansen mellom Firenze og Roma er 234 km. Med bil er distansen i dag 279 km. Sier vi at turen den gang var godt over 300 km. så overdrives det ikke. Vi snakker selvfølgelig om god gammeldags hovedvei.

Turen skulle med andre ord ta mellom 4 og 5 timer.

Alle oppglødde og klar for en opplevelse, feier vi Sydover denne fredag morgenen.

Ingen av oss hadde vært i Roma tidligere, så alt lå godt til rette for en spennende helg. Vi hadde alle et minimum av penger og hadde ikke gjort oss opp noen mening om overnattingene. Det skulle vi ta på sparket.

Praktfull natur gjennom Toskana førte oss via en rekke landsbyer som i seg selv ville vært en opplevelse å titte nærmere på, og som er en av mange gleder jeg har kunnet gjøre senere i livet.

Det ble noen få korte stopp på naturens vegne, men vi hadde jo en klar målsetting, så det var bare å stå på.

På en lang slette med kun sporadiske tre-samlinger her og der, ser vi en bil som står parkert på høyre side i kjøreretningen. Jeg bremser sakte opp og stopper bak det som viser seg å være en liten grønn Renault.

Legger første merke til at den har franske skilt, før jeg ser at det sitter fire personer i den. Når de blir klar over at vi har stoppet bak dem, åpnes dørene og ut kommer fire jenter, alle unntagen en med lyst hår.

Ikke typisk franske tenkte jeg med glede, da fransk for meg var, og fremdeles er, et ukjent språk

Det viste seg at alle var amerikanske på Europatur, med utgangspunkt fra Paris i leiebil.

Bilen hadde nettopp stoppet og ville ikke starte igjen.

Mine tre venner snakket ikke engelsk, hadde ingen peiling på biler og ingen av jentene snakket italiensk.

Av naturlige grunner ble det derfor meg til del å ta ledelsen.

Selvfølgelig skulle vi hjelpe dem, deres dags-mål var å nå Roma etter et kort opphold de hadde hatt i Siena.

Halv tank, ingen problemer der. Rusk i forgasseren var et velkjent fenomen på den tiden og den eneste diagnosen jeg kunne stille.

Alt med bil var mye enklere den gang, så det var lett å gjøre seg kjent i motorrommet.

Forgasseren med luftfilter lå helt åpen og lett tilgjengelig.

Verktøykassen hadde jeg selvfølgelig med, så det tok ikke lange tiden før luftfilteret var fjernet, forgasseren var blåst ren og til bilen starter igjen.

Ingen grenser for takknemlighet. De ville gjerne betale for hjelpen og fortalte at de hadde bestilt værelser på et hotell ikke langt fra jernbanestasjonen i Roma.

Vi kunne selvfølgelig ikke la dem betale og heller ikke bare forlate dem, selv om de nå kunne kjøre videre for egen motor.

Derfor gjorde jeg det klart at vi ville se dem vel fremme, da vi jo skulle samme vei, så vi la oss på hjul i rimelig avstand.

Alt gikk helt fint, Renaulten så ut til å fungere perfekt, så langt ut på ettermiddagen fikk vi forvisset oss om at de var vel installert på hotellet.

Vi hadde som nevnt lite penger å spandere med, samtidig med at språkkunnskapene til mine italienske venner blokkerte for videre samvær, så det ble med utveksling av adresser og med ønske om et fint opphold og en trygg tur tilbake til Paris og derfra til Amerika.

Det var allerede blitt mørkt og vi var mitt i Roma - hva nå?

Mine venner mente at vi burde dra videre ned til Middelhavet og overnatte der. De hadde hørt at det i weekendene på denne tid alltid foregikk fester med bål der nede på sandstrendene.

God ide tenkte jeg, men hadde ikke sett nærmere på kartet hvor langt det var.

Det tok oss nærmere to timer med tett trafikk å nå frem.

Riktig nok, et hav av bål og mennesker samt en masse liv. Full fart fra første øyeblikk.

Langt ut i morgentimene kom vi oss utslitte inn i hvert vårt sete i bilen, og våknet ikke før solen for lengst hadde meldt om en ny deilig dag, i hvert fall for alle dem som ikke hadde deltatt i festlighetene hele natten.

Vi fikk etter hvert tatt vårt morgenbad, stelt oss som best vi kunne og kjørt tilbake til Roma.

Det som var igjen av lørdagen gikk med til det ene fantastiske inntrykket etter det andre, uten at jeg i dag husker særlig mye av detaljene.

Godt jeg hadde dem til gode til senere i livet.

På en eller annen måte fikk vi igjen kontakt med jentene og etter en kort treff ønsket vi dem alt godt med på veien hjemover.

Etter en ny kveld hvor alt gikk ut på å få med seg mest mulig, har jeg en erindring om at vi overnattet under en av halvbuene inne på Colosseum området.

Nå har jeg vært i Roma ved flere anledninger sener og forstår at dette ville være totalt umulig i dag, men antar at det var helt andre sikkerhetskrav som gjaldt den gang i 1958.

Søndagen opprinner, flere severdigheter besøkes, hvoretter vi sent på ettermiddagen forlater byen i retning nord mot Firenze – ny skoledag i morgen.

Unødvendig å nevne at det ikke ble mange timenes søvn de to siste nettene,

De første 2 til 3 timene går alt fint. Vi er alle fire opptatt av å mimre over våre opplevelser.

Etter hvert blir oppholdet mellom innleggene lengre og jeg oppdager snart at alle mine tre venner har sovnet.

Radioen slås på og heldigvis finner jeg en stasjon med rolig, dog ikke for rolig, musikk.

Så godt som ingen trafikk på dette tidspunkt, nærmere midnatt.

Grunnen til at det var blitt så sent, var at vi hadde stoppet for å få oss en matbit, ganske tidlig etter at vi startet.

At jeg er trett er det ingen tvil om, veldig trett, men jeg er fast bestemt og bevisst på at jeg ikke på noen måte må sovne ved rattet. Jeg har visst glemt å nevne at jeg er den eneste med sertifikat, altså uten avløser.

Alle tanker er konsentrert om å kjøre forsiktig og å holde øynene åpne – vid åpne, stirrende ut i bilens lyskjegle.

Veien er det eneste som opplyses, ellers er det svart på alle kanter - øynene er vid åpne.

Musikken hjelper, jeg føler meg helt fin på alle måter. Regner med at det er under en time til vi er hjemme - øynene vid åpne.

Vi er nå i et område som er ganske kupert. Det er bare noe jeg føler, da det jo er svart som kull utenfor lyskjeglene og ingen grense som markerer overgangen fra jord til himmel - øynene vid åpne, full kontroll.

Veien svinger meget slakt til venstre, over mange hundre meter.

Plutselig, som ved en eksplosjon, blir landskapet rundt oss opplyst, ja, så mye at lyskjeglene fra bilen ikke lenger har noen mening.

På begge sider er det uendelige gule marker og veien er forsvunnet.

Hjernen er klar - øynene vid åpne - hva skjer?

Helt bevisst. Hjernen gir beskjed om at høyrefoten sakte skal flyttes fra gasspedalen til bremsen. Jeg sitter på siden av det hele og følger med.

Hjernen fullstendig klar - øynene vid åpne og hendene holdes på rattet.

Bremsepedalen trykkes sakte inn mens landskapet stadig er opplyst. Veien er stadig forsvunnet. Jeg er meg fullt bevisst om dette.

I samme øyeblikk bilen stanser, forsvinner lyset og alt blir svart igjen mens lyskjeglene fra bilen opplyser veien foran, som nå er kommet til syne igjen.

Vi står stille på høyre side, midt i den slakke svingen.

Jeg sitter stadig med vidåpne øyne, og registrerer straks at de andre tre stadig sover.

Idet jeg rolig vekker dem, forteller jeg at jeg måtte ta en liten pause.

De får beskjed om at herfra og hjem er det ikke snakk om å sove, men at de skal sørge for å holde meg våken.

Jeg fortalte dem ikke der og da om hva jeg hadde opplevd, så de forble lykkelig uvitende om det helt til vi nådde lunchpausen neste dag.

Unødvendig å nevne at de ble forvirret av det jeg fortalte, men jeg tror bestemt at de hvis de lever i dag, at de som meg vil huske denne weekenden i Roma i 1958.

Selv mener jeg denne hendelsen var et bevis på hvordan hjernens viljekraft kan overta styringen når det motoriske svikter på grunn av over-tretthet, men selvfølgelig anbefaler jeg ingen å kalkulere med at det vil skje med det samme utfall som for meg.

Sannhet

Mars 2014

Når man hører uttrykket: "sannheter er", skal man være på vakt.

Alle som benytter denne frasen mangler etter min mening forståelse for realiteter.

Hvis ikke den som har benyttet uttrykket: "sannheten er....", umiddelbart etterpå tilføyer: "etter min mening", mangler uttrykket enhver form for tillit. Hva som er sant og hva som ikke er det, forblir dessverre for mange et svært tøyelig begrep.

Uttrykket "sannheten er" er like håpløst som det jeg tidligere har beskrevet i en refleksjon som fikk navnet: "skal jeg være ærlig". (Refleksjoner II)

Det er lett å blande bruken av ordene: "sannhet og ærlighet." De hører på mange måter sammen, men gjør det selvfølgelig ikke.

Jeg har aldri hørt noen si: "dette er min ærlige sannhet". Hvis det var tilfelle må vel meningen ha vært å understreke sannheten?

Tenke seg til. Først slår man fast at i denne sammenheng er man "ærlig", underforstått at det er man ikke alltid. Deretter begår man en utvilsom feil ved å slå fast: "sannheten", uten forbehold. Sannheten for hvem? Nettopp her kreves en tilføyelse som for eksempel: "etter min mening".

Vel, etter min mening er det allikevel stor forskjell på ordet: "sannhet" og "ærlighet".

Sannheten, selv om den av mange i daglig praksis omhandles svært slurvete, er selvfølgelig ikke tøyelig, den er sort eller hvit. Enten er det sant eller så er det ikke sant, altså usant.

Klar det, men hvem sitter inne med den riktige: "sannhet, og hva så med den: "beviselig riktige sannhet"?

Her står vi overfor: "den riktige sannheten" og den "uriktige sannheten."

Det nærmeste eksempel jeg kan komme på - til å sette denne: "uriktige eller riktige sannhet" i et lys hvor det blir mer forståelig for de fleste av oss, er ved å ta en titt på det media som antagelig i dag dominerer og påvirker oss mest i det daglige, nemlig TV.

Selvfølgelig har vi også dagspressen, som i trykket forstand antagelig ikke øker i særlig grad, samt en rekke andre sosiale medier som stadig blir mer benyttet i forbindelse med utbredelsen av den moderne teknologi.

Alt dette blir det imidlertid alt for omfattende å gi seg i kast med i en liten refleksjon som denne.

Jeg holder meg til TVen og forestiller meg at vi i den store verden må ha tusenvis av TV kanaler tilgjengelig.

Jeg hopper bukk over de land som kun arbeider med statsstyrt TV. Der er det vel selvsagt at den: "riktige sannheten" aldri kommer folket til gode?

Med tusener av TV kanaler sier det seg selv at det er like mange påvirkningsmuligheter som det er kanaler.

Bare i EU er mer enn 6000 TV kanaler tilgjengelig.

Nå er det slett ikke slik at alle disse formidler nyheter, eller på noen måte driver bevisst påvirkning av oss mennesker, men innen alle genere fokuseres det i en eller annen form på hva som er: "sannheten". Alle vil gjerne være sannhets-bringende, og noen mener også bestemt at de er de eneste som presenterer den: "riktige sannhet".

Jeg nøyer meg med ett eksempel, som jeg til gjengjeld synes er ganske graverende.

Ingen grunn til å legge skjul på hvilken kanal det dreier seg om – CNN. I aller høyeste grad en nyhets-kanal og til og med en som hevder at den er den største i verden. Vel her får man vite av en av journalistene, i ett av mange reklameinnslag for å fremheve kanalens egen fortreffelighet, at hun har en ny vri på sine reportasjer, nemlig at hun vil fortelle: "the truth", "sannheten". Godt, så vet vi det.

Det vesentligste når man behandler: "sannheten", er etter min mening at man ser den i sammenheng med objektivitet.

Den eller de som på noen måte skal hevde at den TV kanal de representere står for: "den riktige sannheten", må i alle sammenhenger understreke at de presenterer sine informasjoner etter å ha foretatt en nøye objektiv vurdering. Det vil enkelt si at de har vurdert den angjeldende informasjonens: "sannhet" sett fra utsiden, altså satt seg utenfor og gjennomgått alle sider av saken.

En ting er teorien med den objektive holdning til: "sannheten", men har man tid til det, og er det egentlig så viktig?

Nyhetene skal frem og det gjelder å være først ute.

Riktigheten, altså: "sannheten", joda, selvfølgelig er det viktig at det som presenteres er sant, men samtidig er det jo svært viktig at seertallet opprettholdes og økes, og det skjer kun hvis publikum føler at det leveres.

Det må heller ikke glemmes at det er et utall forskjellige typer TV kanaler. Mange av dem leverer stoff hvor betydningen av: "sannhet" kanskje ikke ses på som så viktig.

Kanskje er det slik at alle kanaler på TV har sin egen norm når det gjelder: "sannhet". Dette bestemt ut fra eiernes egne forutsetninger, politiske holdning og økonomiske interesser?

Hvor blir det så av: "sannheten" mitt opp i alt dette?

Såkalte: "autentiske" reportasjer må vel også nevnes i denne sammenheng.

Store norske leksikon skriver at: "autentisk" defineres som noe som er ekte, opprinnelig, originalt eller som har en egenart.

Kanskje det er litt enklere for TV selskapene å identifisere seg med denne form for: "sannhet". Det: "autentiske" er kanskje mer konkret enn den generelle: "sannhet"?

Ens politiske holdning vil naturlig nok avgjøre hvilken kanaler man holder seg til og som man mener representerer: "sannheten".

Uttrykket: "sannheten ligger kanskje et sted midt imellom", har sikkert noe for seg, men er det noen som tror at hvis man tar nyhetene på RT (Russisk TV) og de på CNN, og deler dem på to, så får man sannheten? Kanskje et litt ekstremt eksempel da jeg mener å ha forstått at RT er statsstyrt?

Kan det være noe i at: "sannhetens opprinnelse, kilden, kan være sannhetens verste fiende"

Intet kan bli ideelt i verden så kanskje vi bare må godta de: "sannheter" vi presenteres for i det daglige, og ellers bruke vår sunne fornuft.

Sirkelen sluttes - fornyelse

2016

I denne sammenheng mener jeg ikke den sirkelen som bokstavelig er rund og som man normalt lager med en passer. For den saks skyld heller ikke den man tegner på frihånd og som vanligvis utilsiktet fremstår som en oval, selv om tanken var at den skulle være rund. Det er sirkelen sett i sammenheng med fornyelse jeg har i tankene.

Ting har en tendens til å trenge fornyelse på et tidspunkt. Nærmere bestemt skjer det når sirkelen er sluttet.

Størrelsen på sirklene varierer selvfølgelig. Jo lenger tid det går mellom fornyelsene jo større blir sirklene.

Jeg tror ikke det er den ting som ikke trenger fornyelse for å gjøre en fortsettelse mulig.

I en eller annen form har vi alle opplevet at også samlivet trenger en fornyelse av og til.

Det blir som med svinghjulet. Det må krafttilførsel til en gang imellom for at det ikke skal stoppe.

Med erfaring fra forretningslivet vet jeg med sikkerhet at uten fornyelse går det hele i stå. Alt som er skapt må på en eller annen måte vedlikeholdes, det må fornyelse til i alle ledd for å holde det gående. Mål må nås, sirklene sluttes, mens veien til nye mål danner de neste sirklene.

Vanskelig balansegang mellom det å holde hjulene gående i det daglige, samtidig som det må avsettes tid og ressurser til å tenke fornyelse.

Normalt finnes det ingen "penge-binge" å ta av, alt må skapes. Skulle "penge-bingen" være der, så er den også først skapt, så da har den sirkelen vært sluttet. Tappes det fra "pengebingen", må det skje en fornyelse, forstått som tilgang, hvis den ikke skal tømmes.

Etter min mening er det alt for mange mennesker som ikke forstår dette, men som opptrer som om det nettopp er en tilgjengelig "penge-binge" å ta fra, en Sareptas krukke.

En helt annen sak er at det som skapes i samfunnet, dessverre utføres av alt for få.

Jeg mener å ha forstått at det regnes med at det er under fem prosent av menneskeheten som i denne sammenheng er skapende.

Ingen misforståelser eller diskrimineringer i dette, skaperne trenger selvfølgelig menneskelige ressurser og krefter til gjennomføring av det de skaper, og det er vel det som skal til for at det kan skapes et moderne demokratisk samfunn med tilfredsstillende levestandard for alle.

Man vil antagelig aldri komme til enighet om hvor listen skal legges, men jeg tror det er viktig at man samfunnsmessig sørger for at skaperne ikke dempes i sin utfoldelseskaft.

Er man med på å drepe skaperevnene, så dreper man også sin egen fremtid.

Mennesket er antagelig menneskets verste fiende, og i den komplekse verden vi lever i vil man nok aldri finne den perfekte balansen mellom de med og de uten skaperevner.

Mange mener kanskje at de selv er skapende, selv om de i min forståelse av ordet ikke er det. Ikke noe galt i det naturligvis, så lenge den holdningen er med på å holde deres selvoppholdelsesdrift i gang.

Det kan imidlertid bli vanskelig for noen å møte realitetene når skuffelsen av manglende suksess oppstår, og man ikke forstår hvorfor.

Bestrebelsen på å gjøre samfunnet mer transparent er nok den viktigste ingrediens i å skape forståelse og respekt mellom oss mennesker, samtidig som den alles største vekt må legges på å gjøre samfunnsmaskineriet enklere og mer oversiktlig for de av oss som av forskjellige grunner ikke benytter den vesentlige del av vår tid på å sette oss inn i det komplekset som representer dagens samfunns-styring.

På dette området mener jeg man ofte går i feil retning.

I bestrebelsen på å skape flere arbeidsplasser, synes det for meg som om man fra mange politiske partiers side, heller fyller på med arbeidskraft i den offentlige sektor, enn å lete etter mer rasjonelle og kostnadsbesparende måter å løse oppgavene på.

Det er klart at alt må gjøres for å skape nye meningsfylte arbeidsplasser, men for all del må det unngås at det opprettes unødvendige kunstige og ikke produktive sådanne.

Igjen, det er ingen penge-binge å ta av, og skrus skattene våre over smertegrensen for å dekke kostnadene til ikke produktive arbeidsplasser, hva nå den smertegrensen måtte være, kan det lett føre til at maskineriet stopper.

Sirkelen sluttes og fornyelse er nødvendig for videreføring og fortsettelse.

Uten å gi meg i kast med en polemikk, er jeg av den oppfatning at man nå er kommet i grenselandet når det gjelder hva som kan aksepteres av byråkrati i samfunnsmaskineriet.

Alle deler av det offentlige er blitt så komplisert og uforståelig for oss vanlige mennesker at vi for lengst har gitt opp å forstå. Det er blitt for mange gråsoner. Dessuten er det mange av oss, meg selv inkludert, som ikke er interessert i, eller er blitt for gamle til at vi mener det er riktig å bruke verdifull tid på å forstå komplekset i samfunnsmaskineriet.

I det private næringsliv reguleres de foran nevnt forhold nærmest av seg selv, og gjør de ikke det stopper aktiviteten.

Dårlig produktivitet avsløres lettere i det private næringsliv og korrigerende tiltak skjer kontinuerlig for at aktiviteten ikke skal stoppe.

Fornyelse må bli en del av dagliglivet hvis hjulene skal rulle videre, og det er vel de fleste av oss enige om at de skal?

Alle er vi sikkert enige om at en rekke såkalte uproduktive arbeidsplasser, økonomisk sett, nevnerbåde er nødvendige og har sin berettigelse, men over alt bør det kunne rasjonaliseres.

Sirkelen må på alle plan sluttes, og fornyelse skje.

Sjalusi
Januar 2012

Det en nå rundt femten år siden min siste betraktning, før disse fra 2012 og fremover, ble satt på papiret. Jeg hadde den gang en hel side med overskrifter til fremtidige betraktninger og har den fremdeles.

Men så skjedde er rekke forandringer i mitt liv. Disse har stort sett bare, når alt kommer til alt vært til det gode, men førte ikke umiddelbart til at noen av dem ble omdannet til refleksjoner.

De døde heller ikke, men andre utfordringer kom i førersetet, så trangen til å fortsette måtte vike plass for andre aktiviteter. Alle refleksjoner som den gang så dagens lys, ble diktert mer eller mindre sammenhengende på en Pocket memo, en liten Philips kassettspiller, for så å bli spilt tilbake og lyttet til, mens to fingre på tastaturet formet dem til ord, først på skjermen og derfra til papiret.

Dette er første gang de samme to fingrene setter ord direkte fra tastaturet til skjermen uten at veien har gått via en tape.

I dag ville det vel for øvrig være naturlig at den samme kassettspilleren hadde blitt oppdatert til å være en elektronisk maskin hvor stemmen blir lagt inn på et fast lagringselement. Resultatet ville uansett ikke forandret innholdet.

Som nevnt er det nå gått vel femten år siden den siste refleksjonen ble skrevet, så det store spørsmålet blir om stilen kan opprettholdes, formen videreføres, eller om alt vil bli annerledes?

Vil prioritetene og innholdet bli ledet av inspirasjon?

Har de siste femten års opplevelse og personlige erfaringer ført til forandringer, som et resultat av at man har lengre fartstid med ditto mer ballast i tankene?

Dette blir bare tanker foreløpig , og muligens blir det bare med dette forsøket.

Det ble i hvert fall til at jeg som første forsøk griper fatt i "Sjalusien", en av de mange overskriftene på arket med fremtidige betraktninger.

Valget kommer ikke som man forstår av den alfabetiske rekkefølge av over-skriftene, men av en eller annen grunn synes "Sjalusien" å være den mest nærliggende, en som det er viktig at jeg får lagt bak meg.

Sjalusien, denne forferdelige sykdommen, som riktignok normalt ikke er dødelig, men som sakte men sikkert fører til destruksjon av, det være seg vennskap eller samliv av enhver karakter.

Nå er sjalusi ikke kjønnsbestemt, så sykdommen kan ramme alle.

La meg med en gang rydde av veien den sjalusien som dreier seg om at noen er sjalu på ting som andre har. Den kan være vanskelig nok og hanskes med og selvfølgelig kan den være enormt farlig i en større sammenheng. Eksempelvis for land som er privilegert med olje og gass, store ferskvanns-reserver eller som har andre verdifulle råvarer eller naturresurser som andre land ikke har.

Jeg velger å holde meg til den sjalusien de fleste av oss i en eller annen form er kjent med, den som med sikkerhet fører til destruksjon.

Spørsmålet er om den er arvelig eller om den oppstår som et resultat av omstendigheter, opplevelser man har hatt, eller andre ytre påvirkninger?

Uansett er den forferdelig.

Min erfaring er at den som har gryende tendenser til denne form for sjalusi ser ut til å pleie sykdommen, de vanner og gjødsler med en iver som den beste gartner, og gror gjør den.

Jeg har ofte lurt på om vedkommende selv er seg sin sykdom bevisst. Tror faktisk ikke det, for da ville man tro at ellers fornuftige mennesker, selv ville være i stand til å sette inn motgift.

Det har jeg imidlertid aldri sett eksempel på. Ser ikke ut til å ha noen kur.

Sjalusi går alltid ut over noen, uansett hvilken form den har. Det er alltid noen det skal gå ut over.

Når sjalusien er berettiget ser jeg helt annerledes på sykdommen, ja, er til og med villig til å tilbakekalle at det er en sykdom.

Jeg ser det mer som en berettiget reaksjon, et uttrykk for muligens å kunne rette opp i noe som er galt. Men det er ikke den sjalusien jeg er opptatt av.

Det er ikke den sjalusien som tærer, for i den sammenheng er det vanligvis en part som innerst inne føler seg berettiget til å motta kritikk, hvis vedkommende bare har et snev av realitets-følelse.

Den sjalusien forstår jeg og kan leve med, hvis den skulle gjelde meg selv.

Nei, vi er tilbake til den sjalusien som er uberettiget, det er den som er den verste sykdommen. Den er ensrettet, argumentasjon og realiteter har ingen plass, det hele er irrasjonelt.

Selv den mest tolerante har ingen ting å stå imot med. Det er få ganger i livet at man kan si at uttrykket "å gi opp" er riktig, men i denne sammenheng er <u>det</u> etter min mening eneste utvei.

Dette må være en av de ytterst få tilfeller hvor jeg mener det er riktig å kaster inn håndkledet. Jeg mener faktisk at denne sykdommen, den uberettigete sjalusien, vinklet fra den beskrevne siden, er totalt destruerende og uten håp.

Denne refleksjonen blir vel i de flestes øyne subjektiv, og jeg må nok også innrømme at det her er på sin plass å nevne at egne opplevelser fra en tidligere del av mitt liv nok er med på å preger innstilling.

Uansett, er du av de heldige som ikke har stiftet bekjentskap med sjalusien fra den vinkel som jeg har beskrevet, skal du bare prise deg lykkelig for det.

Føler du imidlertid at du er på bølgelengde kan det bare bringe god-følelser når du forstår at du ikke på noen måte er alene.

Turning around - Jan Arnt 2010

Skrivemaskinen
Mai 2013

Denne historien er for meg så spesiell og full av detaljer at den kunne være grunnlag for en rimelig tykk bok. Den ville i så tilfelle sikkert kun ha vært av interesse for noen ganske få, så jeg prøver meg på en sterk konsentrasjon, en kortvariant som man forhåpentligvis ikke rekker å bli lei av.

Den eneste tidsbeskrivelsen jeg går god for riktigheten av, er den gang grunnideen ble skapt.

Året er 1957 og jeg befinner meg syd i Europa, nærmere bestemt på Olivettis tekniske skole i Ivrea i Nord Italia. Jeg skal utdannes til å instruere våre mekanikere i å reparere alle typer skrive og regnemaskiner.

Max Manus Kontormaskiner som var eiet av min stefar, representerte blant annet kontormaskingiganten Olivetti i Norge den gang og ettersom alle maskiner var mekaniske, elektronikkens tidsalder var ikke oppfunnet enda, var en stor del av de ansatte i firmaet mekanikere.

I motsetning til dagens teknologi måtte maskinene ha jevnlig ettersyn og vedlikehold for å kunne utføre jobben skikkelig.

En rekke forskjellige modeller av både skrive og regnemaskiner skulle kunnes til siste skrue; en ganske krevende men interessant oppgave, da de mest kompliserte regnemaskinene bestod av flere tusen mekaniske deler.

Skrivemaskinene fanget min spesielle interesse og da særlig de elektriske. De bestod av en rekke mekaniske mellomledd fra tasten til selve typearmen, den som setter bokstavavtrykket på papiret.

Jeg fikk det for meg at dette måtte jeg kunne forenkle og forbedre.

Etter utallige timer på hotellrommet etter skoletid og via et utvalg av forskjellige løsninger på utfordringen, stoppet jeg ved den som syntes enklest, nemlig å angripe typearmen direkte uten å benytte mekaniske mellomledd.

Elektriske impulser, direkte fra tastetrykket, kunne ved aktivering av en liten elektromagnet selektere den ønskede typearmen, hvoretter en universal slagskinne ved hjelp av en solenoid (en type elektromagnet) satte denne i bevegelse mot fargebåndet og papiret.

De elektriske impulsene fra tastene kunne samtidig i en ønsket form bli lagret på for eksempel et lydbånd, for så å spilles av i en sammenheng. Jeg mener vi kalte det automatskriving.

Så skulle det meste av det tekniske være dekket på en så enkel måte som mulig.

Jeg så helt klart for meg selve prinsippet, men kunne intet gjøre i praksis mens jeg gikk på skolen, jeg skulle tross alt på et tidspunkt hjem til Norge for å lære opp våre mekanikere.

Ikke desto mindre gikk tankene til stadighet tilbake til dette prinsippet og jeg forstod raskt at her måtte det kunnskaper til som lå langt utenfor det jeg representerte.

Vel tilbake i Norge gikk undervisningen sin gang og med rundt førti egne mekanikere og et nett av tretti forhandlere rundt i hele landet, var det nok å gjøre.

Det ble flere gjenvisitter til Ivrea for oppdatering på stadig nye modeller.

Lederen for vår tekniske avdeling for dikteringsmaskiner, Torbjørn Myrvold, en finmekaniker av ypperste klasse og som arbeidet under samme tak som meg, ble meget raskt koplet inn i mine ideer og vi fikk snart "snekret" sammen en arbeidende prinsippmodell med tre taster og tre typearmer.

Det viste seg snart at Torbjørns detaljkunnskaper når det gjaldt den nye verden, elektronikken, som alle forstod var i anmarsj, var langt fra det som kreves for å konstruere den elektroniske delen av en komplett arbeidende modell.

Hvor kunne man så finne denne kunnskapen?

I vår avdeling for "Høyttalende Hustelefoner" viste det seg å være en medarbeider som til og med, på Oslo Tekniske Skole, hadde lært om det nye vidunderet, transistoren.

Hans navn var Bjørn Andersen, var på min alder, men hadde allerede takket være sine kunnskaper ansvar for den tekniske siden av den avdelingen.

Jeg kjente knapt ordet transistor men forstod tidlig at uten bruk av disse og teknologien rundt, kunne ideen ikke realiseres.

Min stefar Max var tidlig blitt presentert for prinsippmodellen og med sin sporty innstilling og gode nese for muligheter, ble han straks innstilt på at her måtte det videreutvikles, så vi var allerede i gang med patentsøknader.

Dette viste seg å være mer en pågående prosess enn en engangs-handling, noe jeg senere har fått erfare i rikelig monn og ikke minst i forbindelse med dette skrivemaskinprinsippet. Det ble etter hvert til flere patenter rundt prinsippet.

Så til plan og handling. Alt måtte holdes hemmelig og selvfølgelig måtte vi alle tre først og fremst opprettholde full arbeidsdag i våre respektive avdelinger, så her var det snakk om å finne uortodokse løsninger.

Vi leide et lokale i Grensen 9, bare et steinkast fra Karl Johans gate 21 i Oslo, hvor firmaet hadde hovedkontor og hvor avdelingen for hustelefoner med Bjørn holdt til.

Både Torbjørn og jeg arbeidet i våre lokaler på Etterstad hvor firmaets øvrige tekniske avdelinger var etablert.

Vi må alle ha vært utrolig tente på oppgaven med og utforske alle sider av dette nye skrivemaskinprinsippet og satte i gang med stor optimisme.

Etter endt arbeidsdag, hver fra vår jobb, bar det innom pølseboden på hjørnet, før vi inntok Grensen 9, hvor vi ofte arbeidet til nærmere midnatt.

Tiden fremover ble en sterk belastning på hjemmesiden for oss alle og spesielt for Torbjørn ble det over tid, takket være dietten, en litt for stor påkjenning for maven. Han var tross alt godt ti år eldre enn Bjørn og meg.

På den elektroniske siden eksperimenterte Bjørn rundt en rekke forskjellige prinsipper for overføring av bokstaver til papir.

Når man er besatt av ideen om nyskaping er det utrolig hva man kommer på av ideer, men det er en annen sak, dette skulle jo helst ikke bli til en bok.

Hovedoppgaven var styring av solenoider og elektromagneter og demping av støy fra disse.

Jeg hadde ingen vanskeligheter med å forstå at Bjørn var et helt utrolig talent innen elektronikk.

Individuelt skulle hver tast på skrivemaskintastaturet overføre elektriske impulser til den lille elektromagneten under hver typearm, i seg selv en ikke enkel oppgave.

Elektromagneten selekterte i sin tur en liten mekanisk del på selve typearmen, som millisekunder senere fikk et slag fra skinnen som igjen ble drevet av en universal solenoid.

Den teoretiske hastigheten var blant annet begrenset av hvor hurtig denne solenoiden kunne arbeide.

Bjørn gjorde banebrytende utvikling når det gjaldt å bremse og reversere dens bevegelser elektronisk, både for å oppnå hastighet og redusere støy.

Den mekaniske delen tok Myrvold seg av når det gjaldt de mer krevende oppgavene, mens jeg nærmest var inspirator og i lære. Det ble mest til at jeg arbeidet med mekaniske løsninger som lå utenfor selve grunnprinsippet og i produksjon av mekaniske deler, vi skulle tross alt bygge en komplett skrivemaskin.

Med min medfødte interesse for teknikk og Torbjørn som læremester følte jeg meg raskt som et verdig medlem av teamet, med Bjørn som selvskreven autoritet på det elektroniske.

Takket være vår kontakt med Philips i Holland, som representant for deres dikteringsmaskiner, var disse blitt interessert i prinsippet og sponset etter hvert byggingen av modellen.

Det ble i denne tiden en rekke besøk til Eindhoven i Holland, hvor Philips hadde sitt hovedsete og hvor Bjørn boltret seg i deres nyutviklede komponenter innen elektronikkens verden.

Vi var jo begge helt i begynnelsen av tjueårene, manglet fullstendig erfaring og var totalt blinde i troen på at vi ville vinne frem med vårt prosjekt med å lage verdens raskeste skrivemaskin.

Målsettingen var med andre ord å konstruere en elektromekanisk skrivemaskin som lang skulle overgå andre i hastighet.

IBM sin kulehodemaskin kunne som "outputmaskin", det vil si styrt av for eksempel et magnetbånd, skrive med en hastighet på 16 anslag i sekundet hvis jeg ikke husker feil.

Når jeg nå sjekker nærmere etter var den reelle hastigheten på IBM`s Selectric maskin 13,4 anslag i sekundet.

Det elektromekaniske prinsipp i vår første prototype nådde 25 anslag i sekundet, uten at prinsippets muligheter i den sammenheng på noen måte var fullt uttestet.

Men, det er en lang vei fra modell til reel produksjon; utrolig lang.

136

Har lært mye om det senere i livet.

Jeg mener å huske at det var en doktor professor Hildebrandt, som i en artikkel i det Tyske tidsskriftet Feinwerktechnik, analyserte muligheten for om en skrivemaskin basert på elektromekaniske overføringer kunne realiseres.

Analysen kom dårlig ut, da han konkluderte sin artikkel med at man på grunn av varmeutvikling måtte regne med en konstruksjon som ville dekke et middels stort rom.

Med blant annet dette som bakgrunn ville de Tyske patentmyndigheter i første omgang ikke innvilge patent på prinsippet.

Den komplette modellen ble etter hvert så godt som ferdig og det var allerede arrangert at vi skulle til Philips hovedkontor i Eindhoven for å presentere vidunderet for toppledelsen, som den gang bestod av 28 divisjonsdirektører samt Fritz Philips selv.

For å slå to fluer i en smekk arrangerte vi møte med patentmyndigheten i München, og så bar det av sted med Kiel-fergen med en for anledningen snekret trekasse med prototypen inni. Denne var bygget på rammen av en Olivetti skrivemaskin og så derfor ut til å være en ordinær sådan, noe den jo langt fra var.

Etter masse tollproblemer på grensen til Tyskland og flere minnerike episoder som jeg her hopper bukk over, havnet vi endelig på patentkontoret i München.

Synd at man ikke fikk tatt bilde av ingeniørene når de stod der med åpen munn mens maskinen klapret i vei med 25 anslag i sekundet.

Riktignok var vi klar over at vi hadde noen kritiske grenser når det gjaldt varmeutvikling, med det var for bagateller å regne når man tenker på det komplekset av improvisasjoner og håndlagde deler som konstruksjonen bestod av. Dessuten var det bare Bjørn som virkelig forsto seg på den siden av utfordringen.

Patentsøknaden ble omgående revurdert og patent på et senere tidspunkt innvilget, også i Tyskland, i tillegg til i seksten andre land.

Turen videre til Eindhoven startet med et gir-havari på motorveien. Min lille Austin ville for anledningen kun la seg manøvrere i annet og fjerde gir.

Underlig følelse å balansere mellom kun to gir, spesielt i stor bytrafikk, men vi endte da endelig og dødstrette opp på hotell Silveren Seepaerd i Eindhoven, nærmere midnatt.

Maskinen var lunefull, den var jo kun laget for å bevise at prinsippene holdt, så til langt ut på morgenkvisten ble mekanismene renset, oversett og klargjort for den store presentasjonen som skulle skje neste formiddag.

I annet og fjerde gir når vi Philips administrasjonsbygning i god tid og henvises til det man kalte ELA auditoriet. Står for meg som en kinosal, men med en sene istedenfor lerret. Et bord, mitt på denne senen, ble stilt til vår disposisjon, hvoretter vi under sterk flombelysning rigget oss til.

Minutter før dørene åpnet står det to, utad ubehersket selvsikre ungdommer fra Norge midt på senen med en eneste målsetting, nemlig å fortelle over 20 av Philips toppdirektører, både tekniske og kommersielle, om hvordan verdens fremtid skulle se ut på skrivemaskinfronten.

Svetten rant allerede som et resultat av kombinasjonen av lyskasternes intense varme og vår nervøsitet.

Etter en kort introduksjon organiserer jeg en bunke A4 ark og legger blåpapir mellom hvert ark. *Kommer denne historien i hendene på nåtidens yngre mennesker må de vel slå opp for å finne ut hva blåpapir er for noe.*

Jeg gjør dette så tydelig at alle kan se detaljene og at jeg til slutt setter bunken ned i valsen på skrivemaskinen og skrur frem.

Holder så opp den Philips dikteringsmaskinen som vi benyttet til hurtigskriving og forklarer at det jeg nå vil skrive fra tastaturet vil bli lagret på dikteringsmaskinens bånd, slik at vi senere kan skrive det ut i en sammenheng.

Dødsstille i salen idet jeg forklarer hva jeg skriver mens jeg gjør det: "The quick brown fox jumps over the lazy dog". Hele det engelske alfabetet dekkes ved denne ene setningen.

Trykker på returtasten på dikteringsmaskinen, som på sekundet spoler tilbake til utgangsposisjonen.

Ser først på Bjørn som ser ut som han står under dusjen, antagelig henvendt til de høyere krefter med bønn om at varmen, eller for den saks skyld andre årsaken ikke vil hindre denne historiske begivenhet i å bli vellykket.

Jeg hadde selvfølgelig under innledningen forklart om IBM`s maskin, datidens vidunder, og dens hastighet.

Etter et Brrr...., som varte i under to sekunder, blir det igjen dødsstille.

Jeg skrur valsen frem og med papirbunken bestående av seksten kopier i hånden går jeg mot første rad av de høye herrer og begynner å dele ut arkene. Etter hvert som disse toppdirektørene med ansvar for nesten fire hundre tusen medarbeidere fikk se resultatet, brøt det ut en uforbeholden applaus.

Maskinen ble stående hos Philips for nærmere studier, og jeg ble igjen for videre diskusjoner, mens Bjørn neste dag kjørte Austinen hjem til Norge på to og fire.

For oss begge ble dette en av de store opplevelsene.

Husker forresten ikke hvordan vi feiret kvelden etter begivenheten.

Det gjenstår å fortelle at en teknisk Philips direktør etter en tid ringte og i fortvilese fortalte at maskinen var gått i stå.

Vi skulle allikevel ned for å diskutere tekniske detaljer med dem så det skulle nok ordne seg.

Selvsikre, nesten til det dumme, vi får skylde på alderen, kunne vi ikke dy oss når vi ble invitert til lunch av den samme direktøren etter at Bjørn samme formiddag hadde fått maskinen i gang igjen.

Han insisterte på å få vite hvor feilen lå. Bjørn er ikke av den mest snakkesalige typen, men hadde allerede opparbeidet seg stor respekt for sine tekniske kunnskaper hos vår partner. Han stikker hånden i lommen og trekker opp en liten grønn plastikkboks, Philips første type integrerte krets, og rekker den frem idet han sier: i denne.

Heldigvis ble det ikke tatt ille opp og det var jo heller ikke på noen måte ondt ment.

Philips investerte store summer i videreutviklingen, men fant til slutt ut at de måtte bygge en komplett skrivemaskinfabrikk for å sette maskinen i produksjon.

I begeistringens rus hadde de antagelig oversett denne detaljen, så til slutt sa de pent takk for seg.

Karakteristisk var det antagelig for et konsern av Philips kategori at de bare et halvår senere kjøpte den Tyske skrivemaskinfabrikken Zimag, men det var i en helt annen sammenheng som ikke hadde noe med oss å gjøre.

Begge parter var allikevel fornøyd med de erfaringer man hadde tilegnet seg på mange områder og ikke minst gav dette oss et hav av selvtillit.

Innen kontormaskinbransjen må det etter hvert ha gått noen rykter om oss rundt om i Europa, for en dag får vi besøk av toppsjefen i det sveitsiske selskapet Paillard. De produserte blant annet skrivemaskinen Hermes ved siden av svært avanserte platespillere og kameraer, og holdt til i byen Yverdon.

Som et resultat av besøket og etterfølgende møter ble det inngått samarbeidsavtale som tok sikte på testing og videreutvikling av prinsippet.

Bjørn oppholdt seg i nærmere tre måneder ved deres utviklingsavdeling og ledet et team av ingeniører i styrings-teknologi av solenoider.

Resultatet talte for seg selv. Hastigheten ble drevet opp til over femti anslag i sekundet, men ikke uten sideeffekter. Støynivået ble den største utfordringen.

Jeg mener også at det var hovedårsaken til at Paillard etter en tid kastet inn håndkledet.

Det var på dette tidspunktet gått flere år siden den opprinnelige ide ble unnfanget og det var ikke vanskelig for oss å se at nye tanker kunne føre til langt bedre løsninger.

Vi hadde i mellomtiden arbeidet videre med en rekke forskjellige prinsipper og var klar over at tiden var på vei til å løpe fra oss når det gjaldt typearmprinsippet.

På kontoret i Oslo henger det den dag i dag en tegning som er datert den 23. 04. 1966. Selv om jeg aldri har vært noen habil tegner viser denne hvordan jeg på det tidspunkt tenkte meg en riktig fremtidig løsning på et skriveprinsipp.

Vi var på vei inn i nye utfordringer forretningsmessig og dessuten var enda ikke den såkalte servo motoren eller stepp-motor oppfunnet, noe som ville være en forutsetning for å realisere denne ideen, så det var lite vi kunne gjort med det prinsippet den gangen; det ble med ideen og tegningen.

Tre år senere, i 1969 presenterte Diablo Data Systems det samme prinsipp som tydelig illustreres på min tegning.

Prinsippet fikk navnet Daizy Wheel skriveprinsippet.

I 1972 ble den første kommersielle skriver basert på dette prinsipp markedsført og inngikk etter hvert i en rekke maskiner. Hastigheten nådde opp mot 30 anslag i sekundet.

Inntil ny teknologi erstattet dette prinsippet i begynnelsen av åttiårene, forble Daizy Wheel prinsippet det dominerende.

I 1966 ble Max Manus Forskning AS etablert som eget utviklingsselskap med Bjørn som leder.

Fra skrivemaskinprinsipper gikk utviklingsveien for oss videre inn i kommunikasjonssystemer eller såkalte intercom-systemer.

Torbjørn fikk årets pris i 1967 for industridesign på verdens første hel-elektroniske intercom-system som vi kalte Maxman Electronic.

Han forble en verdifull medarbeider til han gikk av med pensjon og med kongens medalje for lang og tro tjeneste etter førti år i firmaet.

Med Bjørn som leder av "Forskningen" ble det gjort mange banebrytende utviklinger på kommunikasjonsområdet, men det er en helt annen og i seg selv spennende historie.

Skyldfølelse
April 2013

Skyldfølelse; det får meg til å grøsse bare jeg tenker på ordet. Ikke det at jeg tror jeg har noen grunn til å ha skyldfølelse, men ingen tvil, jeg er av en eller annen grunn en av disse som det lyser skyldfølelse av. Dette altså, selv om jeg i hvert fall etter egen oppfattelse ikke har grunn til å ha det.

Kanskje det har noe med oppveksten å gjøre. Ingen tvil om at jeg nok ofte gikk over streken i ungdommen.

Det var sjelden alvorlige overtredelser, men det var noe med at det var mye som skulle prøves. Det er viktig å finne ut hvor grensene går, for det er jo ikke slik at foreldrenes ja eller nei alltid er nok som ledesnor.

Er man født med fantasi og innlevelse, så følger det gjerne konsekvenser med.

Min stefar Max hadde en klar oppfatning av hvor grensene gikk; alt som han mente var mer alvorlige overtredelser ble utmålt i antall slag med hundepisken, så greit var det.

I mange sammenheng sikkert en grei måte å ordne opp på, men etter dagens norm visstnok langt fra den riktigste. Vi må ikke glemme at dette var for mer enn seksti år siden og mye var annerledes den gangen.

Nok om det, jeg tror at jeg på den tiden så straffen som fortjent når jeg hadde gått over streken, at det var prisen man måtte betale. Hvis ikke hadde man vel prøvd å gjøre alvor av den eneste utvei man kunne se, nemlig å rømme hjemmefra; som om det ville ha løst utfordringene.

Tror nok ikke egentlig at min mor var helt på bølgelengde med avstraffelsene, men med en meget dominerende mann valgte hun nok husfreden.

Jeg registrerte i hvert fall aldri at det kom til argumentasjon dem imellom i den sammenheng.

Trusselen om å bli sendt til forbedringsanstalten på Bastøy i Oslofjorden vinket også ofte i bakgrunnen, men ble vel egentlig aldri fra min side sett på som en mulig realitet.

Det var, mente jeg den gang, å skyte spurv med kanoner. Det ble da heller ingen opphold for meg på Bastøy.

Skyldfølelse har vi antagelig alle i en eller annen form. Man behøver bare å se seg rundt blant sine egne. Om skyldfølelsen så er berettiget, ja det er det vel antagelig bare den respektive som kan uttale seg om.

Når jeg før nevnte at skyldfølelse kanskje har noe med oppveksten å gjøre, så er det muligens allikevel helt feil.

Min yngre halvsøster, som aldri gjorde noe galt den gang hun var liten, har utvilsom i hele sitt voksne liv hatt en utfordring med sin skyldfølelse. Kan det kanskje være noe som ligger i genene og ikke i oppveksten?

For min del ble den bevisste skyldfølelsen først registrert på skolen.

Ingen grunn til å legge skjul på at jeg var en såkalt uromaker i klassen, men det ble så vidt jeg husker aldri rapportert at noe av det jeg gjorde var ondt ment.

Merkelig å registrere, men mitt yngste barnebarn som i år er femten, har de siste årene visstnok slitt med den samme utfordringen på skolen. Jeg forstår at det er liten tvil om at han også er et uroelement i klassen.

Men så kommer poenget slik jeg husker det fra mine dager. Ingen vanskelighet med å se realitetene i øynene, at det var mye berettiget i irettesettelsene man fikk, men hva så med den andre siden av medaljen; nemlig den at man som en konsekvens av ovenstående, automatisk, til tider ble beskyldt for ting man ikke hadde gjort eller vært med på.

Det ble en vanskelig pille å svelge når man ellers synes man hadde fått nok for sine klare overtramp. Dette ble registrert som dypt urettferdig og vanskelig å forholde seg til.

Så stiller jeg meg spørsmålet: er det en klar sammenheng mellom urettferdighet og skyldfølelse? Kan ikke helt finne ut av dette, men har en sterk følelse av at jeg her rører ved noe essensielt.

Det forhindrer antagelig ikke at jeg en gang når det passer, kan ta tak i urettferdigheten som et separat tema for en refleksjon, det er jo et enormt område i seg selv når man tenker på all urettferdighet i verden.

Uansett, min skyldfølelse er heldigvis blitt lang mindre ettersom årene har gått.

På et tidspunkt kunne jeg ikke stille opp i en tollkontroll uten at jeg mer eller mindre automatisk ble kalt til siden for nærmere sjekk. Tollerne hadde et eget blikk for meg, nesten som om jeg var en gjenganger for dem. Kan aldri huske at jeg noen gang ble tatt for å ha medbrakt noe jeg ikke skulle, eller at "kvoten" var overskredet.

Ingen må ta meg for å være skinnhellig i denne sammenheng, men nettopp det at jeg på lang avstand lyste av dårlig samvittighet, noe jeg i hvert fall ikke bevisst hadde, var i hvert fall en klar medvirkende årsak til at jeg aldri hadde noe med som gikk over de tillatte grensene. Dette gjelder like mye i dag som den gang.

Jeg nevnte den eventuelle sammenheng mellom urettferdighet og skyldfølelse, men nå dukker plutselig samvittigheten frem.

Samvittigheten har jeg jo allerede laget en refleksjon om. I den er det noe om å fortrenge den dårlige samvittigheten og så få frem den fine varme følelsen av den gode.

Samvittighet hører nok også med i denne sammenheng, for det er vel intet som heter å ha en dårlig eller en god skyldfølelse?

Etter dette blir nok spørsmålet utvidet til: er det en sammenheng mellom urettferdighet, samvittighet og skyldfølelse?

Det er på tide å hoppe av dette sporet før jeg går helt i spinn, hittil har det vært komplisert nok.

Som noen vil ha lagt merke til har det hittil, bortsett fra innslaget om min halvsøster, kun dreid seg om mitt eget forhold til skyldfølelsen. Grunnen til det må vel være at det er så godt som umulig å beskrive andres skyldfølelse, den er jo helt privat.

"Sol-etere" opplyser oss

2015

Hvordan er det mulig å lage en slik overskrift? Først en forklaring på hva jeg mener med det som sikkert for mange er umulig å forstå: "sol-etere". Med det mener jeg de underlige mekanismene som spiser, kanskje et bedre ord enn å ete, solens krefter, og forvandler dens energi til, ja, hva annet enn energi. Det er vel heller ikke riktig at jeg snakker om å spise eller ete solen, for det er bestemt ikke riktig.

Solen tappes ikke for noe som helst fordi om vi omsetter solstrålene som når oss til nyttig energi.

Ifølge Wikipedia bruker lyset 8 minutter og 19 sekunder på de 149,6 millioner kilometer det er fra solen og ned til oss.

Med dagens jag etter alternative energikilder blir det fort stor konkurranse på alle felt som angår energi, og godt er det.

Først litt om hvor vi står i dag i energisammenheng

De overlegent største, det vil si mest utbredte energikilder, er så vidt jeg vet olje og kull. Disse har imidlertid den egenskap vi vel alle er klar over, nemlig at de ikke er miljøvennlige. Videre har vi de mer miljøvennlige energier, så som gass, bølger, vind, hydroelektrisk og selvfølgelig solenergi.

Når det gjelder atomkraftverk snakker vi vel også om andre mulige forurensninger enn når det gjelder olje og kull. For ikke lenge siden ble vi minnet om det under ulykken i Japan.

Stadig får vi påminnelser om hvor lenge de forskjellige energikilden vil vare, noe ekspertene synes å vite mye om.

Selv om det strides om hvor hurtig man skal gå frem i utvinning av spesielt olje og kull av miljømessige årsaker, sier det seg selv at vi ikke kan basere oss på at disse kildene varer evig.

Det hersker for øvrig stor enighet om at vår klode ikke har særlig godt av avfallsproduktene som flere av disse energiformen etterlater seg.

Som nevnt strides det kontinuerlig om hvor mye som til enhver tid skal utvinnes av de forskjellige energikildene, noe som naturlig nok influerer på prisene, og ikke unaturlig er dette emnet også gjenstand for mye polemikk.

Sterke krefter er i sving for å stoppe utvinningen, noe som er fullt forståelig sett fra dem med den innstillingen; de skal jo redde oss som ikke forstår noe som helst.

Hadde det bare vært så enkelt.

Noen mener at en nedtrapping av utvinningen vil sikre fremtidens generasjoners tilgang på disse råstoffer.

Også det argumentet, isolert sett, må man ha full respekt for.

Sett med mine øyne er denne innstillingen imidlertid svært egosentrisk, igjen isolert sett.

En utsettelse på kort sikt ja men, selvfølgelig er det ingen langvarig ansvarlig løsning, tvert imot utrolig uansvarlig.

Selv om vi ikke visste så mye om forurensning og de konsekvenser som følger med det i min ungdom, var vi fullt klar over situasjonen.

Antagelig var dialogen tidlig i gang, ikke minst på grunn av den posisjon vi i Norge kom i etter hvert som oljeutvinningen tok fart.

Jeg har aldri hatt problemer med min holdning i denne sammenheng, så hva kan bli gjort.

I hvert fall ikke nasjonalisering og statskontroll. Slike løsninger vil aldri kunne gi de ønskede effekter.

Derimot tror jeg løsningen er og la den enorme oljeindustrien, eller rettere sagt all den industrien som baserer seg på utvinning av energikilder som skaper skadelige utslipp, selv være finansieringskilden til utvikling av alternative energikilder.

Hva med en annen form for oljefond i tillegg til den vi har i Norge?

Intet galt med det norske oljefondet som, da dette ble skrevet, representerer mer enn 7000 milliarder kroner. Hadde vi ikke hatt det, ville den relativt korte økonomiske fremtid i Norge antagelig se ganske dyster ut.

Men hva så med de alternative løsninger til forurensningsfri energi, og finansieringen som skal til for å finne de riktigste løsningene?

Her mener jeg det ikke burde være vanskelig å finne frem til fornuftige, og for alle parter akseptable fremgangsmåter.

Løsningene er tilgjengelige, det er bare et spørsmål om å få satt partene i gang med utviklingen.

Hvem er så partene jeg snakker om?

Den bestemmende og koordinerende skal naturlig nok være staten, og slik bør det antagelig være i så vidtrekkende saker som denne i et velferdssamfunn.

De finansierende, som er den andre part, bør blant annet være de som betaler skatt som et resultat av drift på utvinning og eller bearbeiding av dagens organiske energikilder, de som skaper uønskede avfallsprodukter.

Kort og enkelt sagt, det må avsettes betydelige beløp av skattepengene som kommer inn fra de ovennevnte.

Disse midler må deretter, naturligvis under stram kontroll, subsidiere de som berettiget har forutsetning til å arbeide med utvikling av alternative energikilder.

Det med fordeling av subsidiene blir naturlig nok en utfordrende balansegang, men det bør la seg gjøre gjennom opprettelse av en form for uhildet fordelings-organ bestående av eksperter på de forskjellige områder.

Den tekniske kontroll av oppfølgingen av utviklernes fremdrift kan og må skje gjennom et nøytralt teknisk kontrollorgan.

Skulle ønske jeg hadde tro på at en generell skattelette for de som i dag er engasjert i utvinning og bearbeidelse av de ikke miljøvennlige energikildene, ville føre til at tilstrekkelige midler ville bli brukt til utvikling av alternative løsninger. Jeg tror imidlertid ikke på det.

Skal vi videre må dette inn i faste lovmessige former.

Motivasjon er drivkraften i all fremgang og intet er umulig bare forholdene legges til rette og alle krefter settes inn på å finne løsninger.

Mitt personlige håp er at vi en dag finner en optimal løsning på temming av solenergien, slik at den kan bli en dominerende bidragsyter til vårt stadig voksende behov for energi

Ure til salg - Jan Arnt 2010

Sommerjobb
Mai 2013

Hadde man mulighet for en sommerjobb, og det tror jeg de fleste hadde den gang tilbake i de tidlige femtiårene, så kom det godt med. Lommepenger satt, i hvert fall i mitt tilfelle langt inne.

Antagelig var det ikke fordi mine foreldres mulighet ikke lå til rette for det, men jeg tror mer det var ett ledd i oppdragelsen at man ikke skulle få uten å yte.

Alt har naturligvis en balanse, men jeg må nok si meg til dels enig i mine foreldres tilbakeholdenhet, selv om jeg ikke stod særlig hardt på prinsippene når mine døtre vokste opp, men det var jo også i helt andre tider.

Det var nok heller ikke så vanskelig for min stefar Max å la meg slippe til med forskjellige gjøremål i firmaet.

De første årene startet det med at jeg satt på med mor og Max til kontoret. Vi bodde på Landøya i Asker, atten kilometer fra Oslo. Min mor var Max sin sekretær den gangen og firmaets hovedkontor lå i Karl Johans gate 21.

Regningsbud, tittelen taler for seg selv, er nok for lengst en forsvunnet profesjon, men den gang var det en naturlig del av en forretnings drift. Arbeidet, tittelen taler for seg, bestod i at man med en bunke regninger oppsøkte de angjeldende kunder og innkasserte betaling. Hadde intet å gjøre med at kundene var sene betalere, det var så vidt jeg husker bare en del av rutinen. I tillegg var det også enkelte regninger som ble betalt på denne måte, altså ved personlig besøk, men det var så vidt jeg husker bare i få tilfeller.

Litt mer spennende var jobben som voksrull-skifter. Ettersom firmaet blant annet hadde det amerikanske agenturet på Dictaphone dikteringsmaskiner etter krigen, var dette en del av disses drift. Maskinene var basert på bruk av voksruller som måtte slipes etter bruk, for å kunne benyttes om igjen.

Kundene hadde abonnement på at disse på avtalt tid ble hentet inn, slipt, for så å bli levert tilbake.

Jeg mener å huske at jeg gikk rundt med et spesiallaget stativ som kunne fylles opp med disse voksrullene.

149

Ja, ja det var slik det foregikk den gang i den tekniske steinalder.

Jeg hadde tidlig legning for teknikk og eksperimenterte som fjortenåring, sammen med en venn; vi skulle lage selvklebende konvolutter.

Disse var visstnok ikke oppfunnet på den tiden, i hvert fall hadde vi aldri hørt om sådanne eller sett noen slike i bruk.

Min venn jobbet med det kjemiske, altså limet eller klebestoffet, mens jeg tok meg av det maskinelle som skulle besørge automatisk påføring av dette til konvoluttene. Selvfølgelig hadde vi ikke forutsetning til å nå industrialiserbare resultater, men det manglet ikke på entusiasme og innsatsvilje.

Konvoluttklebemaskinen virket til slutt helt fint den.

Bindersen er vel og bra og en betydningsfull oppfinnelse i seg selv, men av en eller annen grunn, aner ikke hva som trigget meg, mente jeg at den kunne elektrifiseres. Tenke seg til en elektrifisert binders?

Vel, den kom til å virke aldeles utmerket og bestod av to tannhjul som gikk i hverandre. En liten bryter startet motoren som drev dem når man førte papirhjørnene inn mellom tannhjulene. Maskinen var stasjonær og festet til arbeidspulten så man alltid visste hvor den var. Perforeringen av papiret som skjedde mellom de to tannhjulene når de gikk rundt, gjorde at arkene så hang sammen. Har merkelig nok aldri sett den ideen industrialisert, så kanskje det ikke var en så smart ide allikevel.

Den med bindersen så for øvrig dagens lys etter at jeg, stadig som sommerjobb, etter eget ønske ble overført til vårt kontormaskinverksted som den gang lå på Hammersborg torg i Oslo.

Det var ikke lenger snakk om å bli kjørt, arbeidsdagen på verkstedet startet klokken sju om morgenen den gangen, mens kontoret startet klokken ni.

Alt var spennende unntagen bussturen fra Landøya til Oslo, med avgang klokken seks om morgenen.

Arbeidet for mitt vedkommende bestod for det meste av å rense regne og skrivemaskiner.

Først måtte de klargjøres ved at deksler og sensitive deler, som for eksempel gummi, måtte demonteres. Deretter ble maskinen senket ned i et bad av sprit, hvoretter man med spesielle børster fjernet smøremidler.

Deretter ble den tørket med pressluft og tilført smøremiddel av forskjellig art der det var bevegelige deler.

De demonterte delene og dekselet ble så montert igjen og maskinen testet.

Den gang var det snakk om at alle elektriske kontormaskiner som skulle markedsføres i Norge måtte modifiseres for å tilpasses de norske krav til "sikkerhet" når det gjaldt blant annet støyforhold; såkalte støyfilter måtte monteres.

Disse modifikasjonene ble på vårt verksted utført på akkord og gjerne utenfor arbeidstid hvis det ellers var mye å gjøre. Man meldte seg til denne jobben som nok var ganske populær og som gav en god ekstrainntekt hvis man stod på. I og med at jeg hadde sommerjobb og de fleste mekanikerne på denne årstid helst ville utnytte de lange sommerkveldene slapp jeg enkelt til.

Intet å utsette på våre mekanikere, i hvert fall ikke fra en som meg med sommerjobb, men jeg la fort merke til at de modifiserte en og en maskin. Verktøy frem og tilbake, skifting av bor og gjengeverktøy med mer.

Jeg syntes med en gang at dette ble veldig tungvint, så derved ble samlebåndet oppfunnet i Max Manus. Jeg arrangerte et langbord og plasserte ti til tjue maskiner, avhengig av hvilken modell det dreide seg om, rundt på dette.

Så var det og arbeidet seg gjennom rekken fra A til Å med det verktøyet som var aktuelt for de respektive arbeidsoppgavene. På denne måten ble arbeidstiden for hver maskin redusert til en tredel, så jeg tjente gode penger. Samlebånd-teknikken ble hurtig adoptert av alle og etter en tid tror jeg at verksmesteren reduserte akkorden, det hele gikk litt for glatt.

Det var en herlig tid mens det stod på, ikke bare modifikasjonen av maskinene og pengene det gav, men hele miljøet på verkstedet var inspirerende.

Verksmester den gang var en beskjeden mann, ikke spesielt høy av vekst, men helt klart en stor personlighet på sin måte. Vi hadde et fint og respektfullt samarbeide.

Han nøt respekt takket være sin personlighet og ikke sin status.

Det ble sakt, husker jeg, at han en gang ble sendt på et teknisk regnemaskinkurs i Frankrike.

Ikke det at det betyr noe, men jeg mener maskinene gikk under navnet Lagomarcino, at de ble produsert i Italia og at vi var representant for dem i Norge.

Han hadde visstnok ikke vært utenfor Norges grenser tidligere og var heller ikke særlig godt bevandret i språk. Det het seg at han på fjorten dager gikk ned flere kilo, slank og som nevnt ikke særlig høy som han var fra før, fordi han hadde problemer med å be om poteter på fransk.

Mannen, som for øvrig het Kolbein Lauring, var under krigen en nær venn og samarbeidspartner av Max og fremsto som en utrolig modig mann i mange sammenheng, spesielt da han en gang skjøt seg ut av sitt hus som var omringet av tyskere som skulle arrestere ham.

Det var antagelig med bakgrunn i disse sommerjobbene og det store krav til teknisk utdannelse av våre mekanikere, at jeg som syttenåring ble ansatt i firmaet og sendt til Olivettis skole i Italia for å utdannes til teknisk instruktør.

Det ble nesten to år i Italia, fordelt mellom teknisk skole i Ivrea, Olivettis hovedsete i Nord Italia og kommersiell skole i Firenze.

Etter oppholdet, som selvfølgelig ble en opplevelse for livet, bar det hjem igjen, hvor jeg overtok ansvar for opplæring av firmaets tekniske personell på Olivetti skrive og regnemaskiner, samt teknikere som var spredt rundt i våre fem datterselskaper og et trettitalls forhandlere over hele landet.

Stahet

Mai 2012.

Jeg vil ikke umiddelbart karakterisere stahet som en sykdom på linje med hva jeg mener ekstrem sjalusi kan være. Her som ellers er det mange grader og nyanser.

Den enkle velkjente stahet som vi alle i en eller annen grad besitter, og til tider anvender, er av en relativt uskyldig karakter.

Ja, den kan både være humoristisk og sjarmerende og er en del av alles daglige liv og samhørighet.

Vi kan også enkelt hoppe bukk over den stahet som barn benytter for å tiltrekke seg oppmerksomhet. Den er en naturgave og en forutsetning for utvikling. Den er heller ikke på noen måte skadende, men selvfølgelig har den en sterk innvirkning på barnets oppdragelse.

Blir skriket gjentatte ganger honorert for å oppnå familiefred sier det seg selv at man er på gal vei, men det er klart at her som ellers er en balanse nødvendig.

Som vi vet er sort eller hvitt ikke alltid en farbar vei. Kanskje tilsynelatende den enkleste, men ikke på noen måte den som er den mest utviklende.

Alt hittil nevnt kan sikkert de fleste av oss enes om, dagliglivet trenger å krydres litt for å fungere.

Verre blir det når staheten hos noen blir en form for besettelse, en dreining mot det fanatiske. Mot alle odds og fornuft og med totalt manglende respekt for logikk og virkelighet, er det mange som stevner frem uten tanke for den turbulens det fører med seg, overfor, i denne sammenheng "normale" mennesker som nettopp benytter disse sansene for å navigere seg frem i sin daglige tilværelse.

Spesielt ille blir dette for mennesker med en utpreget rettferdighetssans. Det hele blir satt på hodet når vanlige verdinormer tilsidesettes på en så brutal og ulogisk måte.

Ofte fører resultatet dessverre til midlertidig kommunikasjons-brudd og det som verre er.

En total følelse av oppgitthet på den berørtes side, mens initiativtager med denne nok noe ekstreme variant av stahet, seiler videre i sin egen tilværelse som om intet har hendt.

Man må spørre seg om det virkelig er mulig at noen er så virkelighetsfjerne at de ikke selv forstår hva de har satt i gang.

Eller kan det være slik at de mener at dette er et middel som med hell kan benyttes for å oppnå endrede forhold, ting eller situasjoner?

Begge kan sikkert være dekkende.

Ville det ikke være enkelt for den berørte bare å tenke at, pytt, dette er så vanvittig at det bare kan seile, for så å ta det hele med et stort smil som et middel til å avvæpne situasjonen?

De som kjenner seg igjen vil til dette nok si at selvfølgelig har jeg prøvd den veien, men det får være grenser for hvor langt man kan strekke seg når situasjonen gjentar seg flere ganger i trekk og over lengre tid.

Den som har giddet å lese så langt må antagelig nå spørre seg selv om den som har skrevet dette har hatt noen skremmende eksempler å vise til når det gjelder stahet - og det har han.

Stolthet
Mai 2014

”Det er det ikke noe å være stolt av” eller det motsatte ”det kan du være stolt av”, er uttrykk man fester seg ved, spesielt når de kommer fra en autoritet på et eller annet område og gjelder en selv. Det er noe med å tenke seg godt om før man henvender seg til noen med uttrykket ”Det er det ikke noe å være stolt av”. Her bør man sørge for å ha en gjennomtenkt begrunnelse på forhånd.

Lite kan såre mer enn hvis beskyldningen som ligger til grunn for at man benytter uttrykket ikke er riktig, men bare basert på antagelser eller rykter.

Får man uttrykket servert om seg selv, bør man for øvrig tenke seg godt om før man tar til gjenmæle.

Kanskje det kan være på sin plass og teste dette på seg selv en gang imellom. Hvordan ville jeg reagere hvis noen i en eller annen sammenheng fortalte meg at: ”det er det ikke noe å være stolt av.”

Hvis noen henvender seg med uttrykket ”jeg er stolt av deg” og man vet at det er vel ment, varmer det.

Er man ærlig, og det skal man selvfølgelig være, så skal man aldri benytte uttrykket ”jeg er stolt av deg” til noen, hvis man ikke mener det fullt og helt.   Vi vet jo alle at det varmer når noen sier det til oss, og vi vet at det er ærlig ment og fortjent.

Føler man imidlertid at det ikke er helt ærlig ment, kanskje mer sarkastisk, kan det svi ganske kraftig.

Kanskje man skulle rydde litt opp i sin egen bruk av denne type komplimenter.

Hvor ofte har du selv benyttet det siste uttrykket: ”jeg er stolt av deg”? Tenk på hvordan du selv ville reagere hvis du fra noen som betyr noe for deg, får servert disse fire ordene. Det varmer, gjør det ikke det?

”Stoltheten lyser ut av øynene på vedkommende”.

Målet er nådd. Jo større innsatsen har vært, og jo mer man har ofret for å nå målet, jo mer følt stolthet.

Denne følelsen av stolthet har vi nok alle stiftet bekjentskap med.

Det pussige er at denne form for stolthet kan være like stor hva enn saken dreier seg om. Det dreier seg med andre ord ikke om hvor stor bragden er. Her er alt personlig og proporsjonalt.

Om det er første gang man får balansen på sykkelen, eller om det er en utmerkelse mann som liten fikk innen idrett eller annet, en eksamen eller lignende, så vil stoltheten være personlig og proporsjonal med målets viktighet for den det gjelder, og innsatsen man har nedlagt for å nå målet.

Det å være stolt på andres vegner er kanskje den mest verdifulle stoltheten.

Den kan gi dobbelt glede. Spesielt hvis man selv mener å ha vært personlig delaktig i at vedkommende det gjelder har fortjent å bli rost med uttrykket: "det kan du være stolt av".

Alle har vi nok et snev av personlig stolthet, og det er antagelig både riktig og viktig.

Det er når denne form for stolthet blir overutviklet at den blir vanskelig og hanskes med. Med overutviklet personlighet mener jeg ikke at det ikke i spesielle tilfeller er godt å gi uttrykk for at man er stolt over noe man har gjort. Det er vel heller ofte måten stoltheten blir fremført på, det dreier seg om. Det er noe som heter at: "beskjedenhet er en dyd."

Går den personlige stoltheten ut på en misforstått måte å beskytte seg selv på, en form for forsvar?

Er man engstelig for å dumme seg ut, eller redd for å blottstille seg, og derfor drar til med en stolt overlegen holdning?

Er man redd for å miste ansikt, eller kan det ha noe å gjøre med at man tar seg selv svært høytidelig?

Det er lett å forstå at den personlige stoltheten ikke bør bli overutviklet.

Etter min mening er den mest sympatiske stoltheten den man viser på andres vegne - men den må være ærlig.

Svalereder

Juni 2012

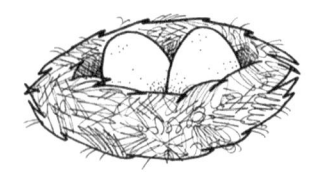

Her går jeg like gjerne direkte i flertall. Aldri har jeg sett ett enslig svalerede, de bygges slik jeg opplever det i klynger.

Har de, altså svalene, først fått anledning til å etablere seg kommer de like sikkert som våren tilbake hvert år. Det er som om noen hus-arkitekter er svalespesialister, eller klarere, konstruerer svalevennlige hus, mens andre ser ut til å kjenne hemmeligheten til hvordan man unngår dem.

Vår spanske arkitekt som visstnok er velkjent for sine hus-utforminger for øvrig, har imidlertid vist seg å være av den første typen, altså den svalevennlige.

Vi kjøpte den leiligheten vi bor i for rundt tre år siden. De tjuefire boligenhetene i komplekset var nettopp ferdigstilt på det tidspunkt vi flyttet inn. Leiligheten ligger i annen etasje og er derved den øverste i seksjonen på fire. To på bakkenivå og to over, med utsikt over det trettende hullet på golfbanen i urbanisasjonen Valle del Este i Syd Spania.

Skråtaket bekledd med teglstein danner et utspring over vår inngangsdør og ved siden av denne i en bredde på tre fire meter.

På grunn av skråtaket må svalene dukke under nederste del av dette for å komme til deres yndlings-punkt for "husbygging". Med andre ord er beliggenheten av et rede bygget her, i overgangen mellom tak og vegg, utrolig beskyttet mot vær og vind og selvfølgelig andre fiender, det være seg firbente eller andre av fuglearten.

Det er etter min mening her den svalevennlige arkitekten viser sine egenskaper.

Allerede den første våren vi bodde her ble det klart at vi stod overfor et problem.

Et problem i den forstand at å ha svalereder rett over inngangsdøren og flere i en bredde på noen meter, ikke bare er et spørsmål om å tåle kontinuerlig fugleskrik, men også et spørsmål om å være forberedt på hver dag, flere ganger om dagen, å gjøre rent etter beboernes kontinuerlige etterlatenskaper.

Situasjonen er meget vanskelig å leve med.

Har man så tatt stilling til at dette vanskelig kan aksepteres, kommer spørsmålet om hva man gjør med saken?

Da vi det første året ikke hadde erfaring med svalereder, lot vi, dog under tvil redet bli bygget i den delen som ligger bortenfor inngangsdøren.

Svalenes forsøk på å bygge rede rett over inngangsdøren ble avverget ved kontinuerlig nedriving av deres minste forsøk på å feste "grunnmuren" til hjørnet.

Det vi ikke forstod var at naturen driver disse individene og ikke fornuften.

Hadde vi mennesker hatt pågangsmot og arbeidskraft som dem, ville mange av våre utfordringer være unngått.

Fornuft, eller klarere mangelen på fornuft, er sperren for de stakkars to-vingede individene. De gir aldri opp, er sikkert frustrerte men fortsetter ufortrødent videre hver eneste dag til deres sesong er over.

Det de får festet til veggen plukker vi like fort ned, altså deres forsøk på å bygge rede over inngangsdøren.

Det er med store kvaler vi følger deres håpløse kamp.

På gavlveggen av vår leilighet følger vi en annen kamp. Et par svaler startet for en måneds tid siden byggingen av et rede der, mens to spurver tydelig mente at dette var deres territorium. De laget et utrolig spetakkel under hele byggeperioden, uten at svalene gav opp. Byggeriet ble til slutt ferdigstilt, men til vår store forbauselse ble det aldri bebodd av svalene. Vi er nå langt ut i mai, spurvene holder til under en takstein ikke langt fra svalenes rede som til nå står like tomt.

Spurvene vant tydeligvis kampen med utholdenhets-taktikk. Nå er det fredelig, og selv om dette redet ikke direkte ville berøre terrassen vår er vi glade for spurvenes hjelp.

Deres sang er heller ikke så skrikende, men det er jo diskriminerende å dømme ut fra sangkvaliteten, det blir subjektivt og har derfor intet med saken å gjøre.

Vi har prøvd alt fra sølvpapir, lakklignende overflatemaling og varierende typer kjemikalier, dog ikke helsefarlige, men ingen ting ser ut til å få svalenes byggevaner til å endres.

Både min kone og jeg er dyreelskere og vil så visst ikke noen fugleart til livs, men det er enkelte ganger at man ikke kan gå på kompromiss.

Svalene har sikkert levd her på jorden like lenge som oss mennesker og spørsmålet blir derfor: hvor bygget de sine reder den gang menneskene bodde i huler og frem til disse svalevennlige arkitektene slapp til med sine skaperevner?

Kongens Mundskænk - Jan Arnt 2010

Tillit (Grinebiter`n)
2016

Jeg starter med et eksempel som sikkert få fester seg ved, men som totalt får meg til å miste tilliten til den det gjelder, eller kanskje rettere, den institusjon vedkommende representerer. Vel, dette er nok ikke helt riktig, for alt tatt i betraktning dreier det seg kanskje mer om manglende bevissthet.

Jeg har vært inne på dette tidligere, i en annen refleksjon, når det gjelder uttrykket: "skal jeg være ærlig". (Refleksjoner II).

Utrolig at såkalt seriøse mennesker kan få seg til å uttrykke slikt.

En velrenommert kvinnelig reporter i CNN, som jeg ikke nevner navnet på, får seg til å si:

"I want to make a change in reporting by telling the truth". Har man hørt på maken. Her har vi endelig en som tydeligvis i motsetning til andre reportere, har det hele klart for seg, og som altså har bestemt seg for å være ærlig.

Heldigvis, det går da fremover i verden.

Er det virkelig mulig at det ikke er noe form for kontroll over det som skjer, eller rettere sagt det som sies? Hvor er sensuren som ellers ser ut til å gripe om seg? Jeg tenker her eksempelvis på kritikken av den minste form for uttalelse som har å gjøre med de sterkt misbrukte og omstridte ordene: rasisme og diskriminering.

I all rettferdighet skal det nevnes at kampanjen ble tatt av skjermen etter bare noen måneder, så det må allikevel kanskje være noen som følger med.

En jeg ellers setter stor pris på, noe jeg for øvrig også gjør når det gjelder den ovenfor nevnte reporter, er han som flere ganger om dagen, lett forvirret orienterer seg gjennom en labyrint av grønne hekker før han til slutt finner fontenen og trykker på sin berømte klokke. Dette starter fontenen, mens han entusiastisk utbryter at han håper dagen blir lønnsom for alle som sitter foran skjermen. Jeg navngir heller ikke ham, men du vet antagelig hvem jeg mener. Det kan umulig være ham selv som står bak dette stuntet og det kan bestemt heller ikke være han som bestemmer frekvensen av daglige presentasjoner.

Så vondt kan jeg ikke tenke meg at han vil seg selv.

Det helt utrolige er at man til stadighet presenterer sine reportere og gjerne da med opptak som man lar gå i nærmere et halvt år. Vi kjenner dem alle til kjedsommelighet, på samme måte som at: "This is CNN -where the news comes first".

Et godt argument er selvfølgelig at ingen tvinger en til å se på de kanalene som spekker sin sendetid med selvforherligelse.

Det er sikkert ikke reporterne selv som presser seg frem. Uansett, for dem er det selvfølgelig personlig reklame å bli positivt presentert av arbeidsgiveren.

Reklame som det betales for er antagelig den vesentligste inntektskilde i denne sammenheng og det er greit nok. Men kunne man ikke istedenfor all selvforherligelsen ha et kamera permanent montert i en dyrepark, og ellers lage et kvikt lite galleri over "reporterheltene" en gang i uken.

De av oss som er ivrige seere har jo "gleden" av å se og høre dem i stordelen av sendetiden.

Spørsmålet er bare å gjette når disse sendingene inneholder nyheter vi ikke har sett tidligere

Nå er jeg ikke ute etter å henge ut CNN på noen måte, de er jo eksperter på å trekke enhver såkalt "Breaking News" ut i et langdrag som ingen andre.

Antagelig aspirerer de til å bli verdensledere på den fronten også. De hevder jo ellers at de er verdens største og beste nyhets-kanal.

Det kommer ikke ofte frem, men jeg tror ikke jeg tar mye feil når CNN har en repetisjonsfrekvens på mer enn 65 %.

Ikke nok med at reportasjene gjentas i det uendelige. Det har man sikkert en fornuftig forklaring på. En av dem er selvfølgelig at de som bare sporadisk ser på kanalen, også må ha en mulighet til å få med seg en uke gammel reportasje.

Det skulle da bare mangle.

Ellers er det heller ikke det minste merkelig at det er lett å miste tilliten til de kanaler som hevder de representerer og presenterer den "riktige sannheten", når man klart ser at informasjonene som presenteres er tendensiøse og til tider uriktige.

Jeg har Ingen problemer med de kanaler som representerer klare politiske holdninger, altså de som ikke legger skjul på hvor de står i landskapet. Der er det jo ganske greit.

De fleste velger antagelig kanal i henhold til sitt politiske syn, for på den måten får de høre det de setter pris på, og ingen kan anklages for det

I hvilken grad man titter på kanaler med divergerende syn for å holde seg oppdatert, er selvfølgelig opp til enhver.

Når tilliten slår sprekker, får respekten slagside.

Dansen om den skønne - Jan Arnt 1980

Ting tar tid
Januar 2015

Det at ting tar tid er et svært treffende uttrykk. Vi opplever alle både de positive og de negative sider av vårt byråkrati etter hvert som vi gjennom livet stifter stadig større bekjentskap med det. Jeg tror ikke på noen måte det spanske byråkratiet er hverken verre eller bedre enn det norske, men ser med spenning frem til hvordan det vil gå med min personlige skatt. Ettersom jeg, etter at jeg ble pensjonert, meldte utflytting fra Norge tilbake i 2006, er det nå gjort klart for meg at jeg skal skatte i Spania og ikke i Norge.

Umiddelbart etter at jeg ble pensjonert ringte jeg NAV for å forhøre meg om hvordan jeg skulle forholde meg med hensyn til skatten når jeg flyttet til min permanente adresse i Spania.

Ikke før hadde jeg stilt mitt spørsmål, før vedkommende kvinnelige funksjonær med brysk stemme sa noe slikt som: "Du må ikke tro det er så enkelt å unngå skatt".

Lang historie svært kort, av avmakt lot jeg overmakten gå av med "seieren", og har siden den gang betalt min skatt i Norge. Med andre ord, møtt som jeg ble, gav jeg umiddelbart opp helt fra starten.

Dette har gått helt greit og rundt 33% av min pensjon har forblitt i Norge til tross for at jeg har oppholdt meg der mindre enn en måned i året. Likeledes er jeg for lengst utelatt av det norske helsevesenets annaler.

Foreløpig har jeg betalt mange ti-talls tusenlapper for assistanse til norsk og Spansk advokat og saken går sin gang. Som med det meste, det ordner seg nok, men at ting tar tid er sikkert.

Nå, i slutten av juni fikk jeg endelig betalt den spanske skatten uten straffebeløp, med tilbakevirkende kraft for fem år. Det er godt man er så heldig at man har familie som kan tre støttende til.

Nå er prosessen i gang med å få refundert den norske skatten for de siste fem år, og hvor lang tid det vil ta og hva det vil koste, får vi la tiden vise.

Mitt norske sertifikat, førerkort, som jeg uten pletter har hatt siden jeg var atten, kunne ikke fornyes i Norge når jeg sist prøvde.

Greit nok det, så da ble det snakk om å skifte det ut med et spansk. Ingen problemer, den saken ordnes gjennom en såkalt "Gestoria". Det skulle vise seg å ta nærmere fem måneder, så jo da. Ting tar tid.

Jeg må tilføye at jeg etter å ha levert inn det norske i begynnelsen av prosessen, etter nærmere to måneder fikk en dokumentasjon på at jeg kunne kjøre, mens mitt nye spanske førerkort var under utarbeidelse.

Det som egentlig fikk meg til å trigge på at "Ting tar tid" hadde ikke noe med det ovenstående å gjøre.

Langt mer alvorlige ting skjer rundt i verden og den tragiske hendelsen som skjedde i Paris med Charly Hebdo den niende januar, får meg umiddelbart til å dvele ved problemstillingen rundt den menneskelige integrasjon.

Emnet er selvfølgelig utrolig komplekst og jeg er på ingen måte kompetent til å debattere dette, men noen refleksjoner har man vel gjort seg.

Rase, religion og kultur. Utviklingen har gått alt for fort etter min mening. Integrasjon eller såkalt tilpasning er umulig, i hvert fall over kort tid. Man må ta tiden til hjelp når grupper av verdensomspennende forskjellige religioner og kulturer tenkes sammensveiset.

En helt annen sak er hvorfor man på død og liv skal tvinge frem denne integrasjonen? Når det gjelder menneskelig integrering må vi ta en nærmere titt på det som skjer i dyreverdenen, ellers går det virkelig galt; ting tar tid.

Det ser imidlertid ut som om vi er dumme nok til å tro at dette er mulig å gjennomføre uten at vi gir det rikelig med tid. Tid er en ingrediens vi tilsynelatende ikke har nok av.

Jeg, som selv er total motstander av å stoppe eller forsinke utviklingen generelt, må si at når det gjelder menneskelig integrering må det ikke på noen måte skje i samme tempo som når det er snakk om andre former for utvikling.

Sett med mine øyne ser vi endeløse eksempler på at vi er på gal vei i dag og at det mest sannsynlig kommer til å bli enda verre.

Toleranse er viktig, men når avstandene er så store som de synes å være nå, selv om de fleste som representerer den såkalte vestlige verden mener at vi snakker om minoriteter, skal og må vi innse at vi snakker om diametrale motsetninger når det gjelder kultur og ideologi.

Dette må tas langt mer alvorlig enn bare å tro at alt vil gå bra hvis vi bare lar en naturlig integrasjon skje.

Vis meg ett sted i, jeg holder meg til Europa, hvor vi har et eksempel på virkelig suksessfull menneskelig integrasjon som har skjedd over kort tid. Eksempler kan muligens trekkes frem, men mange tror jeg ikke det er.

Separasjon, jeg liker ikke betegnelsen gettoer, blir bare mer og mer vanlig. Den såkalte integrasjonen, slik vi ideelt oppfatter at den skal være, skjer ikke.

Er den naturstridig? Jeg viser igjen til dyreverdenen.

Man lærer etter hvert å leve med en form for respekt for hverandre, noe som i seg selv selvfølgelig er bra, men nettopp der ligger utfordringen.

Ekstremister har alltid eksistert, i alle kulturer, og vil alltid fortsette å eksistere. Grupper med radikale synspunkter likeledes.

De blomstrer i lys av vekslende økonomisk og veldedig utvikling. Mange av de såkalte "nye landsborgere" forstår ikke, eller vil naturlig nok ikke akseptere at det ikke bare blir servert på sølvbrett, det var jo derfor de ofret liv og lemmer for å komme til vår del av verden. Ting tar tid.

England med sine vel to og en halv million muslimer, sies nå å stå overfor nok en utfordring. De har som kjent nok av dem fra før når det gjelder innvandrere, både de legale fra andre EU land og de fra andre deler av verden.

Nå går det i Sharia ekteskap i mengder. Det sies at mer enn hundre tusen Sharia ekteskap blant mennesker under tretti er inngått og at tallet er økende. Dette gjøres for å unndra seg forpliktelser i henhold til engelsk lov, da kvinner i slike ekteskap ikke har noen form for rettigheter. Disse ekteskapene registreres ikke offentlig og representerer også ofte polygami.

Mot dem som "klart og tydelig" gir uttrykk for at vi er fienden og skal utslettes, er det kun ett svar etter min mening, og det må uttrykkes "klart og tydelig". Ingen nåde.

Det kan vel umulig være riktig at vi skal vente til de eventuelt skal skifte mening?

Ting tar tid.

Togulykken på Pålsboda
September 2012

Pålsboda er et lite sted ikke langt fra Ørebro i Sverige og Ørebro ligger Nortdvest for innsjøene Venneren og Vetteren i den sydlige del av landet.

Nærmere bestemt i Hallsberg kommune i Ørebro læn i landskapet Nærke. Innbyggertallet registrert i 2005 var 1524. Dette blir antagelig som for ikke Svensker og orientere seg i Stig Larssons, Henning Mankell og Jonas Jonasson`s bøker, når det gjelder geografi.

Men, så er jo også Sverige for Svensker verdens navle. Skynder meg å tilføye at det samme vel gjelder for de fleste land, altså at dets innbyggere ser på sitt land som værende verdens navle.

Har aldri vært der siden denne episoden skjedde en gang rundt 1950. Mer presis kan jeg ikke være da dette kun er erindringer som prøves gjenskapt godt seksti år senere.

Det foreligger heller ingen registrering av hendelsen i Wikipedia, som riktignok medgir at registreringer av togulykker langt fra er fullstendig.

Nok om det, for en gutt på rundt 11 år, alene på nattoget fra Stockholm til Oslo var opplevelsen sterk.

Hadde vært på besøk hos min far og hans nye kone i Stockholm for første gang, med dertil store opplevelser. Rasjoneringen i Norge etter krigen gjorde at alt ble satt ekstra stor pris på under besøket, som kulminerte med at jeg ble fulgt på nattoget til Oslo og til en av de første sovekupeene i vogn nummer 3.

Da dette må ha vært sent på kvelden, bar det direkte til køys etter at toget tøffet ut fra sentralbanestasjonen i Stockholm. Selvfølgelig tøffet toget, det ble naturlig nok trukket av datidens damplokomotiv.

Alle inntrykk etter besøket tilsa hurtig innsovning med drømmer om besøk i Grøna Lund og dyrehagen samt bobletyggegummi, sjokolade og mye mer.

Det banker kraftig på kupe-døren, hvoretter den forsøkes åpnet.

Dette viser seg imidlertid ikke å være så enkelt, men etter en tid med mye høyrøstet snakk, fikk konduktøren med hjelp åpnet døren og med lettelse konstatert at jeg, som den eneste person i kupeen, var uskadd. Jeg hadde mens all viraken stod på satt meg opp i sengen og slått på lyset.

Uskadd fra hva? Her ble jeg vekket fra min dypeste søvn av mennesker som jeg syntes virket svært så opphisset, mitt på natten.

Jeg ble informert om at det hadde skjedd en ulykke og at jeg måtte kle meg, ta med min koffert og komme ut.

Jeg trekker opp rullgardinen for å se ut og det første sjokk melder seg. Bare noen meter borte står en avsporet vogn, hvor sideveggen er borte og åpner for direkte innsyn i, så vidt jeg husker, alle kupeene i minst halve vognens lengde. At den var avsporet forstod jeg da hele vognen helte nedover mot venstre, altså i kjøreretningen.

Jeg fikk etter hvert ordnet meg, pakket kofferten for de få ting jeg hadde tatt ut og begav meg ut av kupeen. I korridoren så jeg ingen andre, men ut av vinduet, jeg tror over et par togspor, ser jeg en stasjonsbygning med navnet "PÅLSBODA".

Hvis erindringene ikke spiller meg et puss helte det nedover mens jeg gikk mot utgangsdøren. Jeg mener at første hjulsett på vogn nummer 3, altså min vogn, var avsporet. Antagelig var det derfor kupe-døren hadde kilt seg.

Vel ute av vognen, husker ikke at noen tok hensyn til meg, kom jeg meg over sporene og opp på perrongen foran stasjonsbygningen, eller rettere sagt det som var igjen av den. Lokomotivet hadde etter avsporingen fortsatt rett gjennom bygningen og etterlatt seg et hull som var det en tunnel.

Fortumlet på perrongen blir jeg av hjelpsomme mennesker fulgt inn i venteværelset som var fullstendig uberørt og intakt. Sammen med mange andre som sikkert hadde nok med seg selv og sine, ble jeg sittende der alene å vente på hva som så skulle skje.

Kan ikke erindre at noen snakket til meg før vi langt om lenge fikk beskjed om at vi ville bli hentet i busser og kjørt til Oslo.

I mellomtiden hadde vi registrert sirener fra både sykebiler, brannbiler og politi. Videre må det etter hvert ha ankommet hjelpemannskaper for å ta skadene i nærmere øyesyn.

De som skulle hente meg på Østbanestasjonen må ha fått seg et ordentlig sjokk når de kom dit og fikk høre om ulykken og at passasjerene var ventet i buss, selvfølgelig mange timer senere.

Det de heller ikke fikk vite var om hvor mange som var skadet og selvfølgelig ikke om det var noen omkomne.

Med andre ord stor dramatikk.

Husker ingen ting fra bussturen og heller ikke noe fra møtet med mine ved ankomsten.

Det som imidlertid har slått meg når jeg senere i livet har lest om eller sett på TV, om reportasjer fra ulykker av forskjellig art, er hvordan med en gang psykologer bringes inn for å lindre traumatiske opplevelser for de som har vært involvert. Den gang var vel den oppfinnelsen ikke gjort.

Hvordan det er mulig å sove seg gjennom en hendelse som denne er helt uforståelig og la det være sagt, jeg tror ikke opplevelsen har gitt meg noen form for følger, verken på den ene eller andre måten.

Det er mulig at mye av det ovenfor skrevne ikke stemmer helt med realitetene, men sett i speilbilde er det slik jeg oppfattet det den gang som 11 åring.

Mener at togføreren ble drept og at rundt 35 mennesker måtte på sykehus.

Etter å ha satt ovenstående på papiret i går kveld, ble jeg liggende i sengen og nok en gang gjennomtenke de minner jeg har fra opplevelsen.

Ikke det at det betyr noe i sammenhengen, men det er godt mulig at jeg egentlig befant meg i vogn nummer 4, at det var 3 vogner foran denne som totalt avsporet og at min vogn tross alt stod på skinnene.

Vel, umiddelbart slår det meg at det neste sommer, når vi allikevel skal tilbringe hele august i Oslo, ville være interessant å ta en biltur over til Pålsboda for å undersøke hva som der fins av detaljer rundt hendelsesforløpet og det eksakte år og dato ulykken skjedde. Ingen jeg kjenner vil kunne gi meg disse opplysningene.

Jeg måtte ha tenkt videre på dette og fikk det plutselig for meg at jeg nevnte noe om det i mitt Ego-foredrag i Rotary for mange år siden og tro det eller ei, i dag fant jeg en kopi av foredraget fra 1987.

(Ego-foredraget danner innledningen til Refleksjoner II).

Følgende er en direkte avskrift fra foredraget og er nok mer den riktige versjonen.

"Min far, som jeg sist så rett før vi forlot Sverige i 1945, traff jeg neste gang i 11 årsalderen.

Toget alene til Stockholm. Han var stadig rekonvalesent, hadde epilepsi som følge av sine skader etter bombingen i Åndalsnes, men var allikevel nylig gift igjen med en svensk dame.

Hva husker man så fra dette møtet, jo, hjemturen med tog ble meget spesiell. En tog-avsporing av dimensjoner, ved, var det Pålsboda i Sverige? – hvor 30 – 40 mennesker havnet på sykehus og hvor minst en ble drept hvis jeg husker riktig. Jeg ble vekket av konduktøren som ikke fikk opp døren inn til min sove-kupe.

Min vogn som var nummer 4 i toget var avsporet, mens lokomotivet og vognene foran lå hulter i bulter".

Så skulle det hele være riktigere, uten at det egentlig betyr noe i sammenhengen.

Har heldigvis ikke hatt tilsvarende opplevelse siden den gang.

Toleranse og Kompromiss
2016

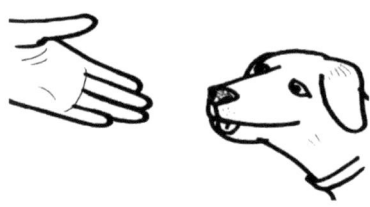

Først veldig enkelt om ordet toleranse. Det betyr blant annet å tåle, det å holde ut. Ikke i betydningen fysisk styrke. "Toleranse er evnen og viljen til å tåle, altså leve med de som har andre meninger og holdninger, og som handler deretter; kort sagt de som man selv vanligvis ikke aksepterer".

Dette kan som sådan være til ettertanke for oss alle.

Jeg tror nok de fleste av oss legger noe mer direkte i det å være tolerant, noe mer rett på sak. Enten tolererer man ett eller annet, eller så gjør man det ikke.

Sett fra den vinkelen blir det vel her snakk om noe sort hvitt, et enten eller?

Slik er det nok imidlertid ikke.

Ovenstående beskrivelse av toleransen sier vel klart at det er snakk om en balansegang. Man tolererer nok i praksis i større eller mindre grad, og godt er det etter min mening.

Med andre ord, jeg slår fast at toleransen ikke er sort/hvitt.

Toleranse er en balansegang, og kompromiss er vekten på skålen som får det hele til å balansere.

Når dette er sagt må kompromiss nødvendigvis inn i bildet.

Det er umulig å utføre en balansegang uten å tilføre litt av ingrediensene gi eller ta, altså kompromiss.

Godt er det, og etter min mening er det bare da man får en balansegang, altså når man tilføyer en klype kompromiss.

Tenk så godt man har det når man mener om seg selv at man er tolerant.

En slik holdning blir nok dessverre svært subjektiv, da andre utvilsomt vil kunne ha et divergerende syn på den saken.

En som står litt lenger fra, litt mer på utsiden, og som mener å ha et mer objektivt syn på vedkommende, har nok ofte lettere for å komme med en uttalelse om vedkommendes evne til å opptre med toleranse.

Det komplekset som toleranse representerer, skal jeg så visst holde meg fra å definere i dybden. Det har jeg ingen forutsetning til å gi meg i kast med.

Toleranse er en faktor i alle menneskers liv og hvordan de forskjellige av oss forholder oss til den egenskapen er av vesentlig betydning for hvem vi egentlig er.

I og med at jeg har tatt kompromiss med i overskriften og setter den som en betingelse for at toleranse kan utøves i praksis, dveler jeg først litt ved dette ordet. En beskrivelse går som følger: "Et kompromiss er resultat av forhandlinger der ingen av partene får det 100% som de vil, men alle får noe".

Kompromiss, kanskje et av de viktigste ord vi har, hvis vi ser bort fra kjærlighet.

Selv med uttrykk som betingelsesløs kjærlighet, er det vel til tider behov for litt kompromiss?

Strekk ut en hånd til din fiende betyr etter min mening slett ikke det samme som å vende det andre kinnet til.

I prinsippet er jeg helt for den siste med kinnet, men lang livserfaring tilsier at den måten å møte utfordringer på i det lange løp sjelden fører frem.

Dertil er mennesket i for stor grad sin egen verste fiende.

Derimot, det med å strekke ut en hånd som en start, spesielt når det gjøres med godvilje, tvinger ikke frem et enten eller, altså, enten slår man når det andre kinnet er vendt til, eller så gjør man det ikke.

Bibelen snakker vel heller ikke om å klappe kjærlig på kinnet, eller gjør den det?

Kanskje jeg er kommet frem til dette etter i riktig mange år av mitt liv å ha hatt hund eller hunder.

Helt fra i seks syv års alderen var fuglehunden Pet min beste venn.

Har man med hunder å gjøre, så vet man at den beste måten å nærme seg en fremmed hund på, er å forsiktig strekke frem hånden. Man merker fort om denne invitasjonen til nærmere kontakt fører frem eller ikke.

Heldigvis har jeg fremdeles begge hender og et fullt sett fingre, og har bare gode erfaringer med fremgangsmåten.

Jeg dveler ikke lenger ved denne sammenligningen, alle har sikkert sin erfaring, men det jeg prøver å få frem er at få situasjoner er sorte eller hvite. Vi mennesker har imidlertid en lei evne til å lage dem sorte eller hvite. Alt blir så mye enklere da, men også mer uriktig.

En balansert toleranse ved hjelp av kompromiss er nødvendig. Gi og ta litt.

Ingen av partene føler seg stilt med ryggen mot veggen.

Det er ikke alltid den beste løsning er å forenkle alt, forstått som det å se sort eller hvitt på situasjonen. I kjølevannet av slike forenklinger oppstår det ofte unødig misnøye, og da blir det i hvert fall slik at toleranse med bruk av kompromiss blir satt på store prøver.

Toleranse kan man sette som ingrediens i et uendelig antall sammenheng, men uten å tenke nærmere gjennom det, er det etter min mening den totalt manglende toleranse for religions-forskjeller, som gjennom alle tider har skapt de største problemer på vår jord.

Kanskje ikke så merkelig, da det jo er i den forbindelse vi finner de fleste fanatikere, og de er jo eksempler på sort/hvitt betraktninger.

Kongefugl med knæbukser - Jan Arnt 2010

Trafikklys
Feb. 2016

Denne innledningen har jeg sakset fra Wikipedia, for å belyse trafikklysets tilblivelse:

"Verdens første trafikklys ble satt opp utenfor det britiske parlamentet i London 10ende desember 1868 av jernbaneingeniør J.P. Knight, for å styre fotgjengere og heste-vogner.

Det viste et rødt og grønt signal ved hjelp av en gasslampe med fargede linser, som kunne vris med et håndtak ved stolperoten slik at det riktige lyset vendte mot trafikken. Gasslampen eksploderte et år senere og såret politimannen som opererte den.

Det moderne, elektriske rød-grønne trafikklyset ble oppfunnet av politimannen Lester Wire i USA og først montert i Cleveland, Ohio, 5. august 1914. Det hadde to farger, rødt og grønt, og en summetone advarte om fargeskifte.

Det første fireveis trafikklys i våre dagers farger: rødt, gult og grønt, ble oppfunnet av politimannen William Potts, og først satt opp i Detroit i 1920".

Da jeg oppfant hjulet på nytt, det startet allerede i 2006, var det selvsagt ikke snakk om at det var selve det runde hjulet jeg oppfant. Det var bare snakk om å få det til å rulle for egen motor, ved hjelp av en i hjulet innebygget "off the shelf" elektrisk motor. Ikke en elektrisk HUB motor. Den ble oppfunnet i 1884 av Wellington Adams.

Når jeg nå snakker om å finne opp trafikklyset på nytt er det selvfølgelig ikke snakk om at det røde, grønne og gule lyset skal skiftes ut. Det er tross alt for godt innarbeidet.

Nei, det er snakk om å gjøre det eksisterende system tryggere for bilister og fotgjengere. Ja, billedlig tre ganger så trygt.

Hvor ofte hører vi ikke om at ulykker skjer fordi trafikklyset ikke har fanget den involvertes oppmerksomhet.

Forutsetningen er at det arbeides med "LED", light-emitting dioder, eller på norsk lys-dioder, og med tre armaturer som alle individuelt kan vise rødt, grønt og gult.

Disse eksisterer i dag.

Vi starter med at alle tre viser grønt. Ønskes gul overgang til rødt, viser først en lampe gult, mens de andre to viser grønt, eller to viser gult og en grønt.

Når denne sekvensen er over, viser alle tre rødt.

Omvendt selvfølgelig når sekvensen skjer fra rødt til grønt, hvis man da i det hele tatt finner det nødvendig å gå via gult.

Tenke seg til at man med de samme tre fargene, tre lysarmaturer og en enkel programmering, kan tredoble synligheten og derved trafikksikkerheten, der hvor man i dag benytter lys-varsling.

Man står fullstendig fritt til å programmere alle former for kombinasjoner tilpasset de respektive forhold

Så nå er det bare et spørsmål om noen har vært inne på denne tanken tidligere?

Egentlig ville det være ganske utrolig om det ikke er tilfelle, men for ordens skyld har jeg sendt denne refleksjonen til mitt patentbyrå for å få belyst situasjonen.

George Manus
Valle del Este

UFO

2013

Betegnelsen UFO står for Unidentified Flying Object, eller det vi vel på norsk populært kaller flygende tallerkener. Initialene går imidlertid i denne sammenheng godt overens, ettersom man også har den norske oversettelsen; Uidentifiserbare Flygende Objekter. Men, tro nå ikke at dette er en norsk oppfinnelse selv om den Engelske betegnelse godt kunne ha blitt oversatt fra norsk.

Ingen grunn til å dvele for nye over dette. Enten tror man at det er mer mellom himmel og jord en man kjenner til, og ser det som ikke værende en umulighet at det eksisterer liv i en eller annen form der ute som har evnen til å avlegge besøk på var klode; eller i hvert fall observere oss sånn litt fra oven. Eller, man har gjort det klart for seg selv at det bare må være sludder, eller synsbedrag, når det en gang i mellom blir rapportert at sådanne har blitt observert.

Det har til og med blitt hevdet at flere "vesener"allerede for tusenvis av år siden har besøkt oss og formet andre sivilisasjoner her som senere har forsvunnet.

Alle forskjellige spekulasjoner rundt dette er for meg uinteressant så lenge klare bevis mangler; nei, for meg forekommer det hele mye enklere.

Hvis det er slik at Vår Herre har skapt universet, så hadde han vel ikke latt oss kranglefanter her på jorden være det eneste liv han satset på, med en form for intelligens.. Vi kan jo for alt vi vet ende opp med å tilintetgjøre alt liv vi kjenner til, inklusive oss selv, og hva så?

Hvis det ikke eksisterer annet liv i universet, ville det så være enden på det hele? Nei selvfølgelig kan det ikke være slik.

Jeg tror ikke at bare noen få, men uendelig mange former for liv må eksistere der ute hvor, så vidt vi mennesker kan enes om, det ikke finnes noen grenser.

Mange har opplevelser å se tilbake på rundt dette emnet og et utall bøker har blitt skrevet, enten med hevdelse av å være autentiske eller bare som sience fiction.

Jeg vet ikke om min opplevelse tilbake i syttiårene ble observert av andre enn meg, da jeg ikke ble gitt anledning til å stoppe opp og fordøye hendelsen der og da.

På veg fra kontoret en sommer ettermiddag, i min røde Chevrolet stasjonsvogn, skjedde det som for meg var og ble det nærmeste jeg har vært en UFO opplevelse.

Trafikk så langt øyet rekker både fremover og bakover i begge filer i Trondheimsveien ned mot Ringveien, som skal bringe meg vestover og hjem til Vettakollen. Til tross for trafikken glir køen uvanlig bra og ettersom det er fredag tenker jeg på kveldens grillaften med noen få men gode venner, og hva jeg vet mangler for at alt skal bli vellykket. Planlegger å stoppe på Gullkroken for å sikre de siste ingredienser.

Med blå himmel over det hele ser det ut til å bli en super weekend.

Tjue tretti meter til bilen foran og det samme til bilen bak og med en fart på rundt sytti kilometer i timen.

Plutselig, uten noen bevisst grunn, ser jeg opp mot himmelen langt foran meg og høyt over biltakene. Der får jeg øye på det som for meg ser ut som det jeg forbinder med en flygende tallerken.

Aluminium-farget og sirkelrund, flat på undersiden og med en buet overdel. At den roterer kan jeg se på det som for meg ser ut til å være runde vinduer i overdelen.

Får et umiddelbart lite sjokk, men er meg allikevel så bevisst at det første jeg tenker på er å opprettholde farten og avstanden til bilen foran og ikke minst holde meg mitt i kjørebanen.

Kaster så ofte jeg kan blikket opp mot tallerkenen som stadig, men tilsynelatende i sakte film, blir større og større.

Den ser ut til å holde seg i samme høyde. Kommer den mot meg, eller blir den bare større fordi jeg, som alle de andre bilene i køen kommer nærmere?

Ingen andre ser ut til å ha oppdaget fenomenet ettersom køen går i samme fart. Muligheten er selvfølgelig at også andre har sett fenomenet men som meg ikke tør bremse med de konsekvensene det kunne få. En slik panikkreaksjon kunne lett føre til kjedekollisjon.

Med ett ser det ut som om tallerkenen som nå har tatt en liten dreining mot venstre sett fra min synsvinkel, igjen dreier over mot høyre, at den mister høyde og har retning rett mot meg. Sekunder senere dreier den mer og mer over i horisontal posisjon samtidig som den meget raskt øker i størrelse.

Med foten på gasspedalen med samme kraft som tidligere og med et fast grep på rattet, dukker jeg ubevisst hodet idet et enormt smell høres. Når jeg et øyeblikk senere som en reaksjon på smellet igjen hever hodet, ser jeg en gedigen hjulkapsel sprette opp fra overgangen mellom frontvinduet og taket rett over rattet, for så og forsvinne ut av kjørebanen til høyre.

Som om intet har skjedd fortsetter køen videre nedover Trondheimsveien i samme tempo og med samme avstand som vi har hatt hele tiden.

Når jeg igjen får samlet meg og rekapitulerer hva som har skjedd, kommer jeg med gru til å tenke på hva som ville ha skjedd om den bare hadde truffet tjue centimeter lavere.

Når jeg nevner at det var en gedigen hjulkapsel fikk jeg klarhet i dette da jeg litt senere tok til høyre mot Ringveien.

Der passerte jeg et stort vogntog på venstre side og la merke til at den ene hjulkapselen på det bakerste hjulparet manglet. Når jeg så kapselen på det neste hjulparet forstod jeg at diameteren vel må ha vært nærmere en meter og at vinduene jeg hadde sett var huller i en sirkel rundt senteret.

Hva som hadde gjort at hjulkapselen hadde falt av og hva den hadde truffet som hadde fått den til å "fly" slik den gjorde kan jeg ikke si, men det ble i hvert fall en opplevelse som jeg har i minnet, om enn ikke like sterkt antagelig, som den jeg ville hatt hvis det virkelig var en UFO jeg hadde stiftet bekjentskap med.

Tross alt var det i denne sammenheng ingen små grønne menn involvert.

Før jeg går inn i "Gullkroken" for å gjøre mine innkjøp, tar jeg selvfølgelig en titt på skadene. Utrolig at ikke frontruten var ødelagt.

Som om såret kom fra hugget av en kjempe øks, var kuttet vel tjue centimeter langt og flere centimeter dypt, men heldigvis så langt fremme at metallbjelken over ruten hadde tatt av for det verste.

Jeg tror det må ha vært første og siste gang en forsikringsagent har blitt konfrontert med at en bilskade skyldtes et sammenstøt med en flygende tallerken.

Venteværelset
Oktober 2014

Eller rettere sagt venteværelsene. Mine erfaringer så langt er at det gjerne blir flere forskjellige venteværelser gjennom livet, og stadig flere besøk etter hvert som "Vintage" alderen setter inn. Hvor mange ganger i livet har man ikke sittet på et venteværelse? De første bekjentskaper med disse "ventestedene", for det er vel derfor de kalles venteværelser, skjedde nok for de fleste av oss de første gangene i en alder hvor vi selv ikke var oss bevisste situasjonen.

Vi var antagelig den gang vel forankret på mammas fang. Senere fortsatte det med både frivillige og ufrivillige besøk. Det er ingen som slipper unna, det er bare årsaken til besøkene som varierer. Alle har bestemte minner fra disse besøkene på venteværelset, og selvfølgelig har resultatet etter besøkene variert fra å være positive til å være pregende for vår fortsatte tilværelse. Resultatene etter besøkene er i seg selv tidløse. Alt skjer, eller skjer ikke, til uforutsett tid.

I dag sitter vi der igjen, min kone og jeg. Denne gang på sykehuset "Virgin del Mar" i Almeria i Syd Spania.

Det er hennes tur denne gang, hun skal gjennomgå en " Gastroskopia". Vi vet ikke hvor lang tid det hele ville ta, men, og godt er det, vi vet at det hele skal skje under bedøvelse.

Det har i og for seg ikke noe spesielt med venteværelset å gjøre, men nå sitter vi i hvert fall der. Ute i god tid, nærmere en time før tiden. Etter hvert er vi blitt godt kjent med dette sykehuset, som på alle måter har gitt oss den aller beste servise gjennom årene. Vår private sykeforsikring tilsier at det er hit vi henvises med våre små eller store plager og noen av dem er det jo blitt gjennom årene; vi hører tross alt til i "Vintage" alderen.

Allerede i resepsjonen traff vi et ektepar, han engelsk og hun spansk, som min kone kjenner godt fra tidligere. Litt senere kom konen til et annet ektepar som vi har kjent i mange år, som kunne fortelle at hennes mann hadde vært innlagt på sykehuset i flere dager og nå ble vurdert for en operasjon.

Jeg vil gjerne treffe det mennesket som ikke får litt ekstra fart i tankene i når de setter føttene innenfor døren på et sykehus.

Rundt ti mennesker er samlet her på dette venteværelset, og mens noen blir innkalt til sine forskjellige konsultasjoner, kommer det nye til.

Denne gangen er vi, så vidt vi kan se de eneste utlendinger, men selv om vi kanskje på den måten skiller oss ut, har vi alle det felles at vi er utstyrt med en stor hvit konvolutt som inneholder henvisningen. Den har vi fått i resepsjonen før vi ble fortalt hvilket venteværelse, eller som det heter på spansk: "Consulta", vi skulle til.

En relativt ung dame med spasmer, som fysisk er totalt lenket til en motorisert kjørestol sitter der sammen med sin far, sammen med et par høygravide yngre kvinner, begge i strålende humør og forventningsfulle. Den ene sammen med en venninne og den andre med partneren. Videre en middelaldrende dame, elegant kledd. Hun har i lengre tid hatt mobilen til øret, men til forveksling med andre spanjoler er hun lavt-snakkende.

Det viste seg litt senere at hun ventet på sin datter, som etter en tid kommer smilende ut fra sin konsultasjon. Hun hadde tydeligvis ikke "vunnet i lotteriet". En annen middelaldrende dame, hun også elegant kledd, reiser seg alt i ett og gjør seg et ærend uten mål. Vesken blir stående på stolen til hun er tilbake, antagelig er det ikke her man forventer at slike blir snappet. Heller ikke denne gang er det til å unngå at det dukker opp en mann, man finner dem over alt, som med høy kraftig stemme kommuniserer i mobilen, mens han vandrer opp og ned i det relativt beskjedne, i størrelse og for øvrig ganske stille, venteværelset. Årsaken til at det er relativt stille er at det ikke er barn til stede, i hvert fall når man ser bort fra de to gravide sine, for de forholder seg rolige, i hvert fall når det gjelder lyd.

For de som er flytende i spansk er det ikke til å unngå å få med seg hele innholdet av samtalene som foregår, men her går det på avslepent Andalusisk dialekt, som slett ikke er forståelig for de med katalansk skolespansk.

Jeg er for øvrig ikke den som skal uttale meg detaljert om dette, da mitt eget spansk består av et rimelig begrenset antall enstavelsesord.

Det man ellers legger merke til er at nesten ingen pasienter er alene, derfor samtalene. En eller flere familiemedlemmer eller venner stiller normalt alltid opp når det er snakk om å avlegge et besøk på venteværelset og i de aller fleste tilfeller følger disse også med inn til selve konsultasjonen.

En lege viser seg i døren på den andre siden av gangen, som skiller venteværelset fra legenes territorier. Han snur seg rundt i gangen, nevner et navn og får straks respons av en ny pasient. Idet legen igjen åpner døren for å gå inn sammen med den nye pasienten, som nevnt normalt med følge, får jeg et glimt av en seng ikke mange meterne innenfor, og som jeg kun ser fra fotenden.

Den grønne dynen dekker alt annet enn hodet av min kone, som jeg straks kjenner igjen på håret da jeg ikke kan se noe av ansiktet hennes. Det er tydelig at hun "sover rusen ut" etter sin behandling, som på dette tidspunkt totalt har vart i nesten tre kvarter. Konvolutten med alle papirene som hun hadde tatt med seg inn idet hun etterlot sin veske og jakke i min forvaring, og som vi hadde brukt nærmere ti minutter på å få organisert ved skranken i resepsjonen før vi ble henvist til venteværelset, lå på toppen av dynen som et "stempel" på at hun hadde vært gjennom prosessen.

Det var kun denne sengen jeg kunne se i de få sekundene døren var åpen og jeg faller igjen tilbake til mine tanker. Jeg hadde allerede kort tid etter at hun hadde blitt kalt inn, lagt bort boken som jeg hadde med for å drive tankene på flukt.

Det å drive tankene på flukt burde etter min mening være et eget fag i vår tid med ubegrenset tilgang på informasjon, både den som er god og nyttig, og den som vi godt kan være foruten.

Ja, hvorfor tar vi ikke bare med de gode og nyttige?

Tanker, ja hva annet enn tanker er det man tumler rundt med der man sitter på venteværelset. Tanker om de andre som sitter der og naturligvis tanker man uunngåelig gjør seg om sin egen situasjon hvis man selv er pasienten, eller som i dette tilfelle om min kone.

Det er vanskelig å uttale seg om hvordan andre har det, men selv har jeg en svært livlig fantasi som jeg til tider sliter med å holde i sjakk. Det blir som regel de verste scenarier som tvinger seg frem og som er de man kjemper med å drive på flukt.

Det er når alt kommer til alt ikke alle som trekker det siste sukk fordi om de har mageknip.

Nok et kvarter har passert før døren på den andre siden av gangen igjen åpner seg og min kone viser seg i åpningen.

Resultatet av dagens prøver får hun først om vel ti dager, hvoretter det bestemt blir nok et besøk på venteværelset med dertil hørende tanker; - og det ble det.

Som vanlig er vi ute i god tid og ser mennesker komme og gå.

En middelaldrende dame, tydelig spansk, setter seg på den andre siden av min kone etter først å ha gitt oss en smilende hilsen. Etter noen minutter tar hun, som nesten alle gjør etter at de har satt seg, frem sin mobiltelefon.

Vi legger merke til at hun gjør ett oppkall, men registrerer straks at hun ikke tar mobilen til øret. Hun holder den opp med skjermen mot seg, og jeg tenker umiddelbart at hun er i gang med en "Skype".

Riktignok, men ikke slik man vanligvis ser en samtale med video. Hun holder mobilen foran seg med venstre hånd, smiler og gestikulerer mot skjermen mens hun med høyrehånden i rasende fart kommuniserer med tegnspråk. Ikke en lyd høres hverken fra henne eller fra mobilen, så det er tydelig at vedkommende på den andre siden også er døvstum.

Etter en stund bryter hun kommunikasjonen, legger telefonen tilbake i vesken og smiler fornøyd til oss.

Fantastisk, plutselig går det opp for oss hvilket utrolig hjelpemiddel den moderne teknologi kan være og da spesielt når den blir benyttet som i dette tilfelle.

Ingen av oss hadde sett eller tenkt på den varianten før, men denne episoden fikk oss til virkelig å tenke dypere på alle de skjebner hvis liv på denne måten har blitt gitt en ny mening.

Vi er alle forskjellige

Jan 2017

Det er først når vi innrømmer at vi alle er forskjellig og tar fatt på den debatten, at vi kan bli i stand til å skape et levedyktig og rettferdig demokrati.

Det er naturligvis mer populært å si at vi alle er like, det ligger solidaritet og trygghet i det.

At demokratiet tilsier at vi alle er like i forhold til lov og forordninger er selvfølgelig både rett og riktig, og at vi stort sett har like mange ben, armer, ører og øyner plassert på samme sted av kroppen, er klare likhetstrekk.

At vi ellers kommer i to prinsipielt forskjellige utgaver i form av hun og hankjønn tar vi ellers for gitt, heldigvis.

Når jeg velger å hevde at vi mennesker slett ikke er så like, så går det ikke bare på grupper, hudfarge, religiøse oppfatninger eller lignende.

Vi har alle vår fullstendig og unike egenart. Enten det dreier seg om DNA, fingeravtrykk eller andre identifikasjons-former, er det ingen av oss på hele jorden som er like.

Burde ikke det i seg selv gi en ganske enkel forklaring på at uttrykk som "at vi alle er like", ikke bare er feil, men direkte misvisende?

Etter min mening en av de største løyner vi er oppvokst med. Vi mennesker har aldri vært og vil aldri bli like.

De som kjemper for at vi alle skal oppfattes som like, og som en konsekvens av det forventer at vi skal oppføre oss deretter, er fullstendig på villspor.

Hvis Skaperen ønsket at vi alle skulle være like, ja, så ville vi vel ikke være utstyrt med vår egen unike identitet.

Skaperen gjorde ikke dette kompliserte krumspring, altså å gjøre oss alle unike med vår egen spesielle identitet, hvis han mente at vi skulle være like.

Nettopp at vi er forskjellige er selvfølgelig årsaken til at vi alle i en aller annen form konkurrerer, Dette skjer med oss alle, bevisst eller ubevisst konkurrerer vi.

Hadde vi alle vært like, hadde konkurransemotivet uteblitt.

Konsekvensene av det ville ført til at vi stadig stod på steinaldernivå, hvis vi i det hele tatt var skapt.

Hvorfor skulle vi være skapt som mennesker hvis det ikke var ment at vi skulle utvikle oss? Det ville vel være totalt meningsløst? Det er et faktum at utvikling kun skjer ved at konkurranse stimuleres.

Uansett hvem vi tror på eller ikke tror på, en mening må det være med skaperverket?

Det jeg egentlig vil frem til er at myten om at vi alle er like må få en total dreining for at verden ikke skal gå i stå. Vi må snu skuta og fullt ut akseptere konkurransen. Gjør vi det har vi samtidig akseptert at vi i utgangspunktet er forskjellige – dermed er vi på vei.

Realismen må fremelskes å få en mening i samfunnslivet, ikke som i dag hvor ordet realisme nærmest er et skjellsord.

Det ligger ikke noen form for rasisme i dette, men et grunnlag for menneskehetens overlevelse.

Respekt og toleranse må få en ny betydning og verdi. Verdinormene må revurderes.

All sunn fornuft tilsier at en alt for stor del av menneskeheten går på den politiske dogme om at vi alle er like og skal behandles likt.

Vi er alle forskjellige og unike og skal selvfølgelig behandles respektfullt.

Vårt samfunnssystem skal arbeide slik at vi, som de forskjellige individer vi er, skal respekteres og gis mulighet til å utvikle oss individuelt.

Vi må ikke tvinges inn i bestemte former, lover og regler. Det vil slå helt feil, å skape store motforestillinger. Holdningsendringene må skje frivillig.

Helt klart krever dette total nytenkning og at større krav må stilles til samfunnet generelt og i særdeleshet til næringslivets og politikkens ledere.

I alle sammenhenger er det bevist at det er ledelsen det står og faller med, og at det er her utfordringene ligger.

Hvem skal så bestemme hvem som skal styre og stelle og hvem som skal kontrollere at dette skjer på en rettferdig måte?

Begrepene rettferdighet må gjøres krystallklare og kravene til rettferdig ledelse skjerpes.

Demokratiet er hittil den samfunnsform som i hvert fall vi i den vestlige verden mener gir det beste kompromiss for en rettferdig styringsform.

I demokratiet er det folket, som gjennom sine stemmer påvirker utviklingen – og slik skal det være.

Jeg har aldri riktig trodd på "det opplyste eneveldet", selv om det ville være perfekt hvis det virket.

Grunnen til at "det opplyste eneveldet" ikke virker, er nettopp fordi vi er forskjellige.

Den som eventuelt skulle være den "opplyste eneheresker" ville være en av oss, med de samme styrker og svakheter, og da sier det seg egentlig selv at systemet ikke vil kunne fungere.

Som du ser er "Refleksjoner og Fantasier" ej blot til lyst

Ridder Svend på sin ganger på vej til nye eventyr - Jan Arnt 2010